AF219983

Stumme Gier

Günther Tabery

Bibliografische Information der Deutschen Nationalbibliothek:

Die Deutsche Nationalbibliothek verzeichnet diese Publikation in der Deutschen Nationalbibliografie; detaillierte bibliografische Daten sind im Internet über: http://dnb.dnb.de abrufbar.

Herstellung und Verlag:

BoD – Books on Demand, Norderstedt

ISBN: 978-3-7528-9554-4

1

Der Vormittag war ruhig geblieben. Martin musste ein paar Schauspieler des in Karlsruhe bekannten Amateurtheaters „Die Eulen" dramatisch in Szene setzen und aufnehmen. Die Bilder waren für das Programmheft des Stückes „Helden" von George Bernhard Shaw bestimmt, was kommenden Frühling aufgeführt werden sollte. Außerdem kamen zwei junge Männer, die biometrische Bilder für ihren Führerschein benötigten und eine Dame, die einen Termin für Portraitaufnahmen ausmachte. Sonst war Martin nur damit beschäftigt, Aufträge abzuarbeiten und Bilder zu entwickeln. Zurzeit war er alleine im Fotostudio, da sein Kollege und Besitzer des Geschäfts zwei Wochen verreist war. Das Studio mit dem Namen `Foto-Schönit´ lag in der Herrenstraße, in der Innenstadt Karlsruhes.

Nach der Mittagspause war Martin gerade damit beschäftigt, eine Auftragsarbeit in DIN A 1 zu entwickeln, da hörte er die Türglocke. Eine fünfköpfige Familie betrat den Raum. Martin kam beißender Tabakgeruch entgegen. Er sah eine etwas rundliche, kleine Frau mit braunen langen zu einem Zopf gebunden Haaren. Ihre Augen waren wässrig und müde und verfügten über tiefe dunkle Schatten. Sie trug eine schwarze enge Hose und ein blaues Jeansoberteil. Ihr langer dunkelblauer Mantel hatte eine in Fell eingesäumte Kapuze. Die Gesichtszüge des Mannes waren grob und kantig. Er hatte einen Dreitagebart, trug einen weißen Pullover, hellblaue Jeans und weiße Sneakers. Seine gefütterte Lederjacke hing ihm leger über die breiten Schultern. Vor den beiden Eltern standen aufgereiht drei kleine Kinder, zwei Jungen und ein Mädchen. Die Jungen waren offenbar Zwillinge und machten einen verstohlenen Eindruck. Sie hatten wache Augen und ein schelmisches Lächeln. Das Mädchen sah aus runden, dunklen Augen verträumt in den Raum. Die Kinder waren modern und sportlich angezogen und hatten dicke gefütterte Daunenjacken an.

„Lass das, Marcel", sagte die Mutter zu dem einen Jungen, der gerade dabei war, einen Flyer von der Theke zu nehmen. Dieser zuckte sofort zurück.

„Womit kann ich Ihnen dienen?", eröffnete Martin.

„Wir möchten ein Familienbild aufnehmen. Als Geschenk für unsere Eltern", erklärte der Mann. „Im Schaufenster haben wir gesehen, dass man Bilder auch auf Leinwand drucken kann?"

„Das ist richtig. Es gibt dann den Effekt, dass es wie gemalt ausschaut."

„Ja genau", nickte der Mann. „So ein Bild wollen wir. Und groß soll es sein."

„Aua!", schrie der andere Junge. Heftig begann er sich zu wehren, als ihm Marcel einen Stoß in die Seite gab.

„Nico, was habe ich euch vorhin gesagt?", ertönte abermals die Stimme der Mutter. Sie packte Nico und drückte ihn ganz fest an sich heran. Der Vater schüttelte den Kopf, sagte aber nichts.

„Aber gerne. Wir könnten das Bild sofort aufnehmen, wenn sie wollen, denn ich bin frei heute und habe keinen anderen Termin."

Die beiden Eheleute sahen sich an und stimmten zu. Die Familie begab sich von Martin geführt in das Studio. Sofort schnellten die beiden Jungen zu den verschiedenen Stühlen und dem schönen Sofa und spielten: `Wer hat den besten Sitzplatz´, indem jeder den anderen von einem Sitzplatz herunterstieß und selbst darauf Platz nahm. Das Spiel wurde von lautem Lachen und gelegentlichen Schreien untermalt.

„Nico und Marcel! Lasst das und kommt sofort her!", befahl die Mutter bestimmt. Doch die beiden Jungen hörten offenbar nichts und spielten unbeeindruckt weiter.

„Sag doch du mal was", bat die Mutter und sah ihren Mann flehend an.

„Nico, Marcel, hierher!" Der Mann hatte eine rauchige, tiefe Stimme. Sofort hörten die Jungen auf und kamen zur Ruhe. Das Mädchen war ruhig, stand ganz still an der Hand der Mutter und wartete darauf, was nun passieren sollte.

Martin behielt einen ruhigen Kopf. Solche Szenen hatte er schon oft erlebt. Er machte den Eltern verschiedene Vorschläge für das Arrangement und die Beleuchtung. Sie einigten sich darauf, dass die Kinder auf dem Sofa Platz nehmen und die Eltern dahinter stehen sollten. Es dauerte eine kurze Weile, bis alles hergerichtet war, die Kinder still und ruhig auf dem Sofa saßen und das Shooting beginnen konnte.

„So, und jetzt alle einmal `Cheese´ sagen", begann Martin.

„Aua!", schrillte Marcel.

„Nico, jetzt hör endlich auf, deinen Bruder zu ärgern", reagierte die Mutter genervt.

„Der hat aber angefangen!", entgegnete Nico und zeigte auf Marcel.

„Gar nicht! Ich habe nichts gemacht. Du hast angefangen. Du hast mich gezwickt!"

„Also, wer hat jetzt angefangen?", fragte die Mutter.

„Der!"

„Ich nicht, der war es!"

Der Konflikt war nicht zu lösen. Die Mutter wusste keinen Rat. Sie sagte schließlich: „Dann entschuldigt sich jetzt jeder bei dem anderen und dann ist Ruhe." Mit lockender Stimme sagte sie: „Und wenn es jetzt klappt, dann gehen wir später noch einen Burger mit Pommes essen."

Die Kinder bekamen einen Glanz in die Augen, reichten sich die Hände und ließen die Prozedur über sich ergehen. Martin musste nur noch einige Anweisungen geben und dann war das Bild im Kasten. Als kleine Belohnung gab er dem Mädchen, das ganz artig gewesen war, einen kleinen Lutscher.

„Na, das ist aber lieb", sagte die Mutter, „Dann bedank dich mal bei dem netten Mann, Jaqueline."

„Danke", säuselte Jaqueline leise und wippte mit dem einen Bein schüchtern hin und her.

Martin, der jetzt hinter der Kasse stand, gab der Familie einen Abholschein und sagte, dass das Familienportrait wohl in den nächsten zwei Tagen fertig sei und er es wie gewünscht auf Leinwand drucken würde. Die Eltern bedankten sich bei Martin und verließen das Studio.

Draußen hörte er die immer leiser werdende Stimme der Mutter, die abwechselnd `Marcel´ oder `Nico´ rief.

Martin schüttelte den Kopf und atmete tief durch. Es war ein wunderbarer Beruf, dachte er. Aber Momente wie diesen mochte er ganz und gar nicht. Er hopste leicht und es kam ein leises „Pah" aus seinem Mund. Es fiel ihm immer schwerer mit solchen Kindern wie den beiden Jungen umzugehen und den richtigen Ton zu finden. Er überlegte, wie schwierig es ist, Kinder richtig zu erziehen. Und ihn schauderte es bei dem Gedanken, was dabei alles falsch laufen könnte. Heftig riss er für einen kurzen Moment seinen Mund weit auf. Er kam zu dem Entschluss, dass die Eltern wohl die wichtigste Rolle dabei haben würden. Dass eine positive Vorbildfunktion und ganz viel Liebe wohl das Wichtigste wären. Er hatte selbst noch keine Kinder, aber er wünschte sich welche. Ganz leicht begann er sehnsüchtig zu lächeln. Er hopste wieder und ging anschließend leicht in die Knie.

Nach ein paar Momenten kam er wieder zu sich und lief ins Labor um weiter an seiner Auftragsarbeit zu arbeiten. Es vergingen gut zwanzig Minuten, als gegen halb drei wieder die Glocke ertönte und Martin pflichtbewusst in den Ausstellungsraum schnellte. Er stockte kurz, als er den Mann sah, der eben hereingekommen war. Dieser stütze sich mit der linken Hand an der einen Sessellehne ab, mit der rechten Hand fasste er sich an den Bauch. Er atmete sehr schwer, als ob er gerannt wäre. Martin kam ihm sofort zu Hilfe. Plötzlich stieß er einen verzweifelten Schrei aus. Sein Körper krampfte zusammen und er sackte nach unten. Die Stimme verstummte wieder. Nun atmete er nur noch flach. Der bereits kniende Mann taumelte und fiel ganz auf den Boden. Martin sah ihm in die von Angst gezeichneten, weit aufgerissenen Augen. Sie flehten um Hilfe. Aber er wusste nicht, was er tun sollte. Wieder krampfte der Körper des Mannes zusammen und wieder erklang ein furchterregender Schrei. Er war schweißgebadet und stöhnte. Noch ein letztes Mal beugte sich schmerzvoll sein Körper, bevor er bewegungslos auf dem Boden liegend zur Ruhe kam. Martin kniete neben ihm und war wie paralysiert. Er blickte in die aufgerissenen Augen und konnte nicht fassen, was eben geschehen war. Vorsichtig berührte er seinen Hals und fühlte den Puls. Es war kein Puls mehr spürbar. Auch hatte der Mann aufgehört zu atmen. Martin schluckte und stieß einen Seufzer aus. „Pah" kam es leise aus seinem Mund und sein Kopf begann unwillkürlich zu zucken. Er schloss die Augen des Mannes und setzte sich anschließend für einen Moment auf den Sessel. Unmöglich, dass so etwas geschehen konnte. Hier in diesem Fotostudio! Er fühlte sich unbehaglich und blickte auf den Toten. Armer, junger Mann, dachte Martin anteilnehmend. Wie starr und unbeweglich er vor ihm lag. Wer mag ihm das angetan haben? Was hatte er verbrochen, dass er sterben musste? Er biss sich auf die Lippen. Woher ist er gekommen und wieso suchte er ausgerechnet hier Zuflucht? Martin konnte sich die Fragen nicht beantworten. Dieser Mann war wahrscheinlich an einer Vergiftung gestorben, mutmaßte er. Er musste aus Verzweiflung in das Studio gekommen sein, um Hilfe zu suchen. Aber es war keine Hilfe mehr möglich gewesen. Zu schnell trat der Tod ein, als dass er etwas hätte verhindern können. Er betrachtete den Mann. Ihm fielen seine rotgefärbten Lippen auf. Ja, es musste ein Gift gewesen sein. Er schätzte, dass der Mann um die vierzig Jahre alt sein musste. Er hatte gutaussehende, ebene Gesichtszüge und eine athletische Figur. Die Kleidung war schick und sportlich.

„Ich muss den Notarzt rufen und die Polizei", sagte er zu sich. „Ja, die Polizei. Wenn es Gift war, dann war es womöglich….", er stockte und sah den Toten entsetzt an. „Dann war es womöglich Mord."

Er neigte den Kopf zur Seite und tastete den Fremden mit seinem Blick vom Kopf bis zu den Schuhen ab. Wer mag er wohl sein, dieser Mann? Martin verspürte den Drang, in seinen Taschen nachsehen zu wollen. Er wollte unbedingt wissen, wer dieser Mann war. Er schloss die Türe zum Fotostudio zu, holte zwei

Latexhandschuhe aus dem Labor und kniete sich wieder neben den Toten. Vorsichtig griff er in die Innentasche seiner braunen Lederjacke. Dort spürte er seine Geldbörse. Er holte sie vorsichtig heraus. In der Börse war nur wenig Bargeld. Er entdeckte einige Rechnungen, einen ausgefüllten Lottoschein und eine abgerissene Kinokarte vom Kino am ZKM. Einen Personalausweis, eine Bankkarte oder andere Karten, die seinen Namen hätten preisgeben können, gab es leider nicht. Vorsichtig steckte er die Sachen in die Geldbörse und legte sie wieder in die Jackentasche zurück. Behutsam fühlte er, ob der Tote auch etwas in der Hosentasche bei sich trug. In der rechten Tasche raschelte etwas. Er griff hinein und zog einen Zeitungsausschnitt heraus. Neugierig entfaltete er den Bogen. Es war ein Ausschnitt aus den Badischen Neuen Nachrichten. Die Seite zeigte verschiedene Verlobungs- und Heiratsannoncen. Eine Annonce war mit einem Kreuz markiert. Er las: „Lass die Liebe in deinem Herzen Wurzeln schlagen, und es kann nur Gutes daraus hervorgehen´, Zitat Augustinus. Aus Liebe verkünden wir unsere Verlobung: Charlotte Driesig und Rolf von Breidenfall." Martin blickte aus der Annonce hervor. „Rolf von Breidenfall? Ist das nicht dieser vermögende Großindustrielle aus Karlsruhe?", fragte er sich. Über ihn hatte er schon einmal in der Zeitung gelesen, glaubte er.

Er schaute auf den Toten und entschied, diesen Zettel zu behalten und nicht wieder zurück zu stecken. Angespannt schüttelte er den Kopf. „Die Polizei!", er zuckte zusammen. „Die Polizei muss ich jetzt sofort anrufen." Er ging zur Theke, auf der das portable Telefon lag und wählte die Nummer der Polizei. Nachdem er alle Einzelheiten am Telefon besprochen hatte, öffnete er die Tür und setzte sich neben den Toten.

Keine zehn Minuten später kamen einige Polizisten und der Notarzt zum Schauplatz. Allen voran lief ein kleiner drahtiger Mann mit spitzer Nase und grauen Haaren. Sein Gesicht zierte ein kleiner Schnurrbart. Die wachen blauen Augen schienen das alles um sie herum Geschehene wissbegierig zu erfassen. Er war Ende fünfzig und machte einen erfahrenen Eindruck. Ihn begleitete eine brünette Frau mit kurz geschnittenen Haaren. Ihre Kleidung war eher sportlich als schick. Das markant geschnittene Gesicht passte zu ihrer forschen Art. Während Kommissar Frank in der Türe stehen blieb und den Schauplatz zunächst aus der Distanz heraus betrachtete, kam Kommissarin Schubert direkt auf Martin zu.

„Sie sind Herr Fennberg?", begann sie professionell mit einer dunklen Altstimme.

„Ja, das bin ich. Ich hatte bei Ihnen angerufen und den tragischen Tod gemeldet."

„Können Sie uns genau den Hergang schildern? Was passierte, als der Mann das Fotoatelier betrat?"

Martin erzählte in allen Einzelheiten, was sich zugetragen hatte. Wie es geschah, ohne dass er etwas dagegen tun konnte und wie machtlos er dem Sterbenden zusehen musste. Vor lauter Aufregung entglitt ihm immer wieder ein kleines „Pah" während des Erzählens, was Kommissarin Schubert etwas stutzig werden ließ. Sie wiederholte zwischendurch das Gesagte und notierte sich das Wichtigste in ihr Notizbuch. Während der Berichterstattung kam Kommissar Frank näher an die beiden heran und hörte aufmerksam zu.

„Von wo kam der Tote?", wollte Kommissarin Schubert wissen.

„Das kann ich Ihnen nicht sagen. Ich war im Labor, als der Mann den Laden betrat." Jetzt zuckte er kurz mit seinen Augen und für einen Augenblick riss er den Mund weit auf.

Kommissarin Schubert blickte erstaunt zu Kommissar Frank. Sie konnte Martins Zuckungen und Geräusche vorerst nicht einordnen. „Geht es Ihnen gut?"

„Verzeihung. Ja, es geht mir den Umständen entsprechend gut."

Schubert nickte. „Haben Sie noch andere Personen beobachtet, während oder nachdem der Mann starb?", fragte sie weiter.

„Nein, tut mir leid, ich habe nicht darauf geachtet. Ich war zu geschockt und ergriffen."

„Kennen Sie den Mann?", hörte man nun Kommissar Franks hohe Stimme erklingen.

„Nein, ich bin diesem Mann noch nie begegnet", erklärte Martin wahrheitsgetreu. Er versuchte jetzt seine Tics unter Kontrolle zu halten.

„Es ist also ein Zufall, dass der Mann gerade in Ihr Atelier kam, um hier zu sterben?"

„Ich kann es mir nicht erklären, warum der Mann hierher kam. Vielleicht kam er absichtlich hierher. Vielleicht wollte er hier etwas bestellen oder erledigen. Aber das weiß ich nicht. Er hatte jedenfalls keinen Termin."

„Ich verstehe", nickte Frank. „Bitte halten Sie sich die nächste Zeit bereit, falls wir weitere Fragen an Sie richten möchten. Wir werden Ihre Personalien aufnehmen und Ihre Aussage protokollieren. Sie verstehen?"

„Selbstverständlich."

Martin ging mit zwei Polizisten in den Nebenraum, um dort seine Aussage zu machen. Nachdem er seine persönlichen Daten mitgeteilt hatte, zog er sich diskret zurück und schaute dem Arbeiten der Polizisten zu. Einige waren damit beschäftigt, Bilder aus verschiedenen Positionen zu schießen. Andere nahmen Spuren und Fingerabdrücke ab. Als der Arzt mit seiner ersten Untersuchung fertig war, hörte Martin, wie er zu den beiden Kommissaren sagte, dass es sich wahrscheinlich um eine Vergiftung handelte. Näheres wolle er bei der Obduktion herausfinden. Dies bestätigte Martins ersten Eindruck. Der Mann starb also, weil er Gift geschluckt oder Gift verabreicht bekommen hatte. Es handelte sich vielleicht tatsächlich um einen Mord. Bei dem Gedanken blitzte es unaufhörlich in Martins Kopf und er begann unwillkürlich den Mund aufzureißen. Er fühlte sich betroffen und erregt zur gleichen Zeit und verspürte den Drang, dass er selbst etwas unternehmen und forschen wollte. Er wollte versuchen, etwas herauszufinden über den Toten. Vielleicht ergaben sich daraus wichtige Erkenntnisse. Irgendetwas musste er doch tun. Irgendetwas.

2

Als Martin zu Hause seinen Caro-Kaffee aufbrühte, dachte er an die Ereignisse der letzten Stunden. Die Bilder gingen ihm nicht aus dem Kopf. Unfassbar war die Tatsache gewesen, dass dieser Fremde gerade in sein Fotostudio hineinkam, um dort zu sterben. Mit seinem Chef hatte er bereits telefoniert und ihm die schreckliche Geschichte erzählt. Das Fotostudio wurde von der Polizei bis auf weiteres geschlossen. Martin bekam großzügigerweise bezahlten Urlaub, um sich von diesem Schock zu erholen. Er nahm einen großen Schluck Caro-Kaffee. Was sollte er nun anfangen? Wie konnte er einen Ansatzpunkt finden, um Näheres über den armen Mann und dessen Schicksal herauszufinden? Er erblickte eine Ausgabe der Badischen Neuen Nachrichten, die auf seinem Wohnzimmertisch lag. Da kam ihm dieser Zeitungsausschnitt in den Sinn, den er der Polizei unterschlagen und mitgenommen hatte. Dieser Ausschnitt, auf dem einige Verlobungs- und Heiratsannoncen abgedruckt waren. Er las nochmals diese, die mit einem Kreuz markiert war. `Charlotte Driesig und Rolf von Breidenfall´. Rolf von Breidenfall? Dieser Name war ihm ein Begriff. Er hatte ihn schon einmal gehört, da war er sich sicher. Martin stellte seine Kaffeetasse ab, holte seinen Laptop und fuhr ihn hoch.

Neugierig googelte er den ihm bekannten Namen. Er fand in unzähligen Einträgen einiges Interessantes über diesen Mann heraus. Er war 1961 in Karlsruhe geboren, studierte Wirtschaftswissenschaften in Berlin und übernahm 2008 in zweiter Generation das erfolgreiche Familienunternehmen, die `Breidenfall GmbH´, welche sich mit Rohstoffen und deren Recycling im In- und Ausland beschäftigte. Die Breidenfall GmbH zählte in Karlsruhe zu den fünf einflussreichsten und erfolgreichsten Unternehmen. Rolf von Breidenfall war bereits verheiratet gewesen, jedoch starb seine Ehefrau 2011 an einem unheilbaren Lungenkrebs. Aus dieser Ehe gingen zwei Kinder hervor, Lena und Marcus von Breidenfall. Die Familie wohnte im Musikerviertel in Karlsruhe. Martin stieß einen Pfiff aus, als er las, dass das Vermögen der Familie auf mehrere Millionen Euro geschätzt wurde. Nicht schlecht, dachte er sich. Und weiter googelte er den Namen Charlotte Driesig. Jedoch fand er hier nichts Spektakuläres. Sie war weder bei Facebook noch bei anderen sozialen Netzwerken registriert. Von Beruf war sie Altenpflegerin. Er fand einen Bericht, in dem sie für ihre langjährige Arbeit in dem Altenheim „Altersresidenz Rheinstetten" lobend erwähnt wurde. Laut der Suchmaschine „peoplecheck" war sie in Mannheim geboren und hatte ebenso dort ihre Ausbildung absolviert. Mehr war nicht über sie zu finden.

Das klingt aussichtsvoll, dachte sich Martin. Und die Annonce war der einzige Anhaltspunkt, den er hatte. Er lehnte sich zurück und trank seinen Becher Kaffee leer. Ich muss diese Familie kennen lernen, sagte er sich. Seine Augen flackerten und er begann ein wenig zu schmunzeln.

Im örtlichen Telefonbuch gab es in Karlsruhe einen einzigen Eintrag unter dem Namen von Breidenfall. Das musste die richtige Nummer sein, dachte er. Er griff zum Telefonhörer und wählte.

„Bei von Breidenfall", ließ sich eine klare Stimme vernehmen.

„Martin Fennberg hier. Ich bin Fotograf und arbeite für das Fotostudio „Foto-Schönit" in Karlsruhe. Ich würde gerne mit Herrn von Breidenfall oder mit Frau Driesig sprechen, wenn das möglich wäre."

„In welcher Angelegenheit kann ich Sie anmelden?"

„Ich möchte Ihnen meine Dienste anbieten und die im März geplante Hochzeit fotografieren."

„Einen Moment bitte. Ich werde sehen, was ich für Sie tun kann." Das Mädchen legte den Hörer beiseite. Nach einigen Minuten Wartezeit meldete sich eine warme Stimme: „Driesig, was kann ich für Sie tun?"

„Guten Tag Frau Driesig, mein Name ist Martin Fennberg. Ich arbeite für das Fotostudio „Foto-Schönit" in der Karlsruher Innenstadt. Wir haben Ihre Verlobungsannonce in der Zeitung gelesen und möchten Ihnen das Angebot unterbreiten, Ihre Hochzeitsfeierlichkeiten zu fotografieren."

„Das ist aber etwas ungewöhnlich", zögerte die Stimme, „dass ein Fotostudio ohne Anfrage seine Dienste anbietet."

„Das stimmt. Aber für unser Fotostudio wäre es eine Ehre, Ihre Feierlichkeiten begleiten zu dürfen." Martins Stimme strahlte. „Die Familie von Breidenfall ist eine berühmte Familie in Karlsruhe."

„Ja", murmelte Charlotte Driesig etwas geschmeichelt, „aber sehen Sie, wir haben bereits einen Fotografen engagiert. Es tut mir sehr leid."

„Ja, das dachten wir uns schon. Wir bieten Ihnen aber einen Komplettservice an. Das heißt, wir würden bereits vor den Feierlichkeiten Fotos im privaten Bereich aufnehmen, sowie eine eventuelle Verlobungsfeier begleiten und anschließend Fotobücher erstellen, die dann als Geschenke und Andenken verschickt werden könnten. Wissen Sie, es geht bei uns nicht nur um den Festakt und um das Brautpaar während und nach der Trauung, sondern wir dokumentieren den gesamten

Prozess von der Planung bis zur großen Feier. Eingebunden würden bei uns ebenso Freunde und Verwandte. Ganz nach Ihren Wünschen."

Es entstand eine lange Pause. Martin wartete gespannt ab, ob seine Rede überzeugend genug gewesen war, denn dieses Angebot war von ihm frei erfunden und nicht in den normalen Dienstleitungen inbegriffen.

„Nun gut, Herr Fennberg. Dann werde ich dieses mit meinem Verlobten nochmals besprechen und beide Angebote gegeneinander abwägen. Wir würden uns dann eventuell morgen bei Ihnen melden. Ist es so recht?"

„Aber sicher, selbstverständlich."

Martin gab Frau Driesig seine Kontaktdaten, bedankte sich für ihre Aufmerksamkeit und legte den Hörer auf. Vielleicht habe ich eine Chance, dachte er. Vielleicht kann ich zu einer Vorbesprechung ins Haus gelangen und die Familie kennen lernen. Er lächelte in sich hinein. Vielleicht wollte der Tote auch an dieser Hochzeit teilnehmen? Vielleicht kannte er jemand aus der Familie? Das wollte er herausfinden. Zufrieden mit diesem ersten Schritt saß er auf der Couch und sah nachdenklich aus dem Fenster.

Der nächste Tag verlief in Punkto Verlobungsannonce ereignislos. Weder Frau Driesig noch Herr von Breidenfall meldeten sich zurück.

Stattdessen klingelte es und Kommissar Frank stand vor der Tür. Martin war sichtlich überrascht und begann gleich heftig mit dem Kopf zu zucken. Kommissar Frank lächelte freundlich und beobachtete Martin aus seinen intelligent blickenden Augen.

Martin führte den Kommissar ins Wohnzimmer. Nachdem er ihm etwas zu trinken gebracht hatte, setzte er sich ihm gegenüber auf die Couch. Er wartete höflich, was der Kommissar ihm zu sagen hatte. Dieser musterte ihn eingehend und begann dann ohne Umschweife: „Sehen Sie, Herr Fennberg, nachdem wir gestern die Leiche in dem Fotostudio gefunden hatten, in dem Sie arbeiten und Sie der letzte Mensch waren, der den Toten noch lebend gesehen hatte, gibt es nun für mich zwei Möglichkeiten zu überdenken. Entweder, Sie sagten mit Ihren Ausführungen gestern die Wahrheit und der Unbekannte kam tatsächlich zufällig zu Ihnen ins Studio oder Sie sagten die Unwahrheit, was bedeuten würde, dass Sie als Hauptverdächtiger in den Mittelpunkt der Ermittlungen rücken würden."

Kommissar Frank machte eine Pause. Er bemerkte, wie unruhig Martin plötzlich geworden war. Dieser setzte sich ganz aufrecht hin und bekam einen starren Blick, der vermuten ließ, dass er fieberhaft nachdachte.

„Es könnte auch so sein", fuhr Frank fort, „dass Sie den Toten kannten. Vielleicht hatten Sie beide noch eine Rechnung offen, vielleicht hat er Sie erpresst oder vielleicht geht es gar um eine Liebesgeschichte? Und nun musste dieser Mann sterben. Also was tun Sie? Sie bestellen ihn in Ihr Fotostudio und verabreichen ihm Gift. Es stirbt vor Ihren Augen. Dann rufen Sie die Polizei und erklären etwas von einem Fremden und vollkommen Unbekannten. Um sicher zu gehen, dass wir ihn vorerst nicht identifizieren können, entwenden Sie alle persönlichen Dinge."

Wieder machte er eine Pause. Martin hörte aufmerksam zu und nickte.

„Ich verstehe", sagte er matt.

„In vielen Fällen war derjenige der Täter, der den Toten als letztes lebend gesehen hat. Und das sind Sie." Frank hob die Augenbrauen. Er lehnte sich zurück und wartete, was Martin darauf antworten würde.

„Ich weiß nicht recht, was ich dazu sagen soll", begann Martin. „Ich verstehe Ihre Gedankengänge und ja, es muss so ausschauen, dass ich als Täter in Frage komme. Dieser Gedanke war mir bis jetzt noch nicht gekommen. Ich kann leider auch nichts zu meiner Verteidigung beitragen. Ich kann nur so viel sagen, dass das, was ich gestern gesagt habe, die Wahrheit ist. Ich kann nicht beurteilen, wie glaubwürdig das ist. Aber gerne wiederhole ich nochmals, was ich gestern erlebt habe."

Er blickte den Kommissar flehend in die Augen. Doch dieser winkte ab.

„Nein, das brauchen Sie nicht mehr zu wiederholen. Aber Sie bleiben dabei? Sie haben den Toten vorher nicht gekannt und standen in keiner Beziehung zu ihm?" Er kniff die Augen zusammen.

Martin antwortete mit bestimmter Stimme: „Nein, weder noch."

„Und Sie haben nichts entwendet, was auf die Identität des Toten hinweist?"

„Nein." Dabei versuchte er, so ruhig wie möglich zu bleiben. Hatte er doch tatsächlich den Zeitungsauschnitt an sich genommen, was er aber dem Kommissar verheimlichen wollte. Franks Augen zuckten kurz, als ob er Martins Unsicherheit bemerkte.

„Wir werden Ihre Personalien überprüfen müssen. Sobald wir den Toten identifiziert haben, werden wir herausfinden, ob es eine Verbindung gab. Bitte verreisen Sie nicht, solange der Fall nicht gelöst ist und bleiben Sie in der Stadt. Halten Sie sich bereit für weitere

Gespräche. Gegebenenfalls werden wir Sie ins Präsidium bestellen."

„Selbstverständlich."

Frank erhob sich und ging sicheren Schrittes in Richtung Tür. „Ich wünsche Ihnen einen schönen Tag, Herr Fennberg."

„Vielen Dank, den wünsche ich Ihnen auch."

Nach diesen Worten verließ der Kommissar die Wohnung. Martin schloss die Tür und atmete einmal tief durch. Die Polizei verdächtigte also ihn. Und nun hatte er sich tatsächlich strafbar gemacht, indem er die Annonce verheimlichte. Sollte er die Sache einfach auf sich beruhen lassen? Sollte er die Annonce vergessen und warten, was die Polizei in diesem Mordfall herausbrachte? Frau Driesig hatte sich sowieso nicht bei ihm gemeldet. Wahrscheinlich war es ganz unmöglich, an dieser Hochzeit teilzunehmen und etwas auf eigene Faust herauszufinden. Ganz in Gedanken versunken, unwissend, was er jetzt tun solle, entschied er sich, einen langen Spaziergang im Schlosspark zu unternehmen, um wieder einen klaren Kopf zu bekommen.

3

Am nächsten Tag gegen Mittag klingelte das Telefon. Martin war gerade dabei, sich eine Gemüsepfanne zuzubereiten. Zu seiner Überraschung war es Charlotte Driesig, die ihn wider Erwarten zu einem Vorstellungsgespräch zu sich nach Hause einlud. Martin bejahte sofort und verabredete sich mit ihr zum Kaffee. Gut gelaunt und hoffnungsvoll aß Martin seine mit Fetakäse überbackene Gemüsepfanne. Jetzt heißt es, einen guten Eindruck machen, dachte er. Vor der Verabredung musste er noch ins Fotostudio fahren, um einige Unterlagen und Präsentationsmappen mitzunehmen. Er wollte seinen Chef vorerst nicht über diesen möglichen Auftrag informieren, sondern erst einmal abwarten. Vielleicht täuschte er sich ja und die Annonce hatte mit dem Tod des fremden Mannes nichts zu tun.

Pünktlich um halb vier stand er in der Schubertstraße 25 vor einer großen dreistöckigen Villa. Diese war weiß verputzt und verfügte über große Terrassen im Parterre und ersten Obergeschoss, sowie einen kleinen gemauerten Balkon auf der Längsseite des zweiten Obergeschosses. Zwei große Säulen, die vom Boden hinauf bis zum Dach ragten, umrahmten die große Eingangstüre, die einen massiven und schweren

Eindruck machte. Die Villa musste recht alt sein, mutmaßte Martin. Er schätzte sie aus der Zeit um 1900. Machte sie auch einen gewaltigen Eindruck auf Martin, so dachte er doch, dass in Kürze wohl eine Sanierung nötig wäre. Bei genauerem Hinschauen blätterte hier und da der Putz.

Er drückte den Klingelknopf. Kurze Zeit später öffnete eine dunkelhaarige, schöne, junge Frau die Tür.

„Ja bitte?", vernahm er die Stimme, die er bereits vom Telefon her kannte.

„Ich habe eine Verabredung mit Frau Driesig", verkündete Martin.

„Einen Moment bitte, kommen Sie doch herein." Sie führte ihn in die Halle der Villa, die bis zum Dach hinauf reichte und über eine große Treppe verfügte, die sich an den Wänden empor schlängelte. Dann ließ sie ihn für einen Moment alleine und verschwand durch eine der Türen. Er riss schnell den Mund weit auf und stieß ein leises „Pah" aus. Jetzt musste er sich zusammenreißen und einen guten Eindruck machen. Schnell hopste er noch einmal und versuchte danach so ruhig wie möglich zu sein. Einen kurzen Moment später kam ihm Charlotte Driesig entgegen. Sie war Anfang bis Mitte Vierzig und hatte blonde kinnlange Haare. Ihre blauen Augen funkelten und ihre großen weißen Zähne strahlten, wenn sie lachte. Ihre Figur war feminin, verfügte aber dennoch über eine gewisse Stärke. Ihre Ausstrahlung erfüllte sogleich den gesamten Raum. „Sie sind Herr Fennberg?" Freundlich reichte sie ihm zur Begrüßung die Hand. Martin bedankte sich für die Einladung und für das erste Vertrauen. Sie führte ihn in das Wohnzimmer des Hauses. Dieses war groß und hatte an der Stirnseite einen Kamin, der wohlige Wärme abgab. Die Decke war verziert mit farbigem Stuck und bunten Ornamenten. In der Mitte des Raumes stand eine große einladende Couchgarnitur mit grauem Stoffbezug und weißen Kissen auf einem alten Orientteppich. Die Wände waren grün tapeziert und an den Fenstern hingen bodenlange weiße Gardinen. An der anderen Stirnseite des Raumes waren Eichenregale angebracht, die die Bibliothek beherbergten. Davor stand ein Sessel mit einer goldenen Leselampe.

„Bitte, setzen Sie sich." Charlotte zeigte auf einen Platz auf der Couch.

„Ich danke Ihnen für die Einladung", begann er nervös. „Ich muss zugeben, ich dachte, dass Sie mich nicht einladen würden, nachdem ich ohne Anmeldung einfach bei Ihnen angerufen hatte. Umso glücklicher bin ich, dass Sie es dann doch getan haben. Ja, hier, wenn Sie wollen, haben Sie erst einmal meine Karte und einen

Flyer unseres Fotostudios." Er räusperte sich, denn er redete sich gerade um Kopf und Kragen.

Charlotte lächelte ihn an und sagte nichts. Sie nahm den Flyer und sah ihn sich an. Ab und an nickte sie.

„Und hier können Sie sich ein Fotobuch anschauen, mit Bildern, die ich einmal bei einer Hochzeit fotografiert habe."

Sie schaute sich auch das Fotobuch an und lächelte leicht. Danach blickte sie ihn an und meinte: „Ich habe mit meinem Verlobten gesprochen und ihm von Ihrem Angebot berichtet. Er findet es attraktiv, da Sie nicht nur die Hochzeit, sondern auch die Feierlichkeiten davor fotografieren wollen. Wir möchten gerne unseren Freunden und Verwandten eine bleibende Erinnerung in Form eines Fotobuches schenken. Wenn dies also in Ihrem Angebot enthalten ist, dann würden wir Ihnen vielleicht den Zuschlag erteilen."

Martin atmete tief durch.

„Da ist die Sache mit dem Preis. Wie viel verlangen Sie für Ihr Angebot?"

Martin musste jetzt auf Nummer sicher gehen und einen nicht zu hohen Preis angeben. Er wollte unbedingt den Auftrag erhalten. Er sagte: „Mein Angebot enthält mehrere Fototermine, auch an den Abenden, wenn

Feierlichkeiten stattfinden, und 25 fertig bearbeitete Fotobücher inklusive, für 2000 Euro als Komplettpreis."

Die Augen von Charlotte weiteten sich, als sie das Angebot hörte. „Nun", antwortete Charlotte nach einer kleinen Denkpause, „leider muss ich Ihnen sagen, dass die Konkurrenz etwas preisgünstiger ist und so vielversprechend Ihr Angebot auch sein mag, ich fürchte, Sie sind leider umsonst hierhergekommen." Sie blickte ihn bedauernd an. 2000 Euro waren also zu viel gewesen und die Entscheidung für oder gegen ihn fällte das Geld.

Martins Gesichtszüge verrieten, wie enttäuscht er über diese Entscheidung war. „Und wenn wir preislich noch etwas herunter gehen würden, wäre das vielleicht doch eine Option für Sie?" Er versuchte fast schon bittend seine Dienste unter Wert zu verkaufen, nur um diesen Auftrag zu erhalten, was bei Charlotte aber genau das Gegenteil bewirkte. Sie schüttelte langsam den Kopf. „Nein", sagte sie bestimmt, „ich denke, wir belassen es bei dieser Entscheidung. Es tut mir leid." Sie stand auf und deutete an, dass das Gespräch nun vorüber war. „Aber vielen Dank für Ihre Bemühungen."

Martin und Charlotte reichten sich die Hände. Er packte seine Fotobücher und Flyer ein und fühlte sich unbehaglich. Stumm begleitete sie ihn bis zur schweren Eingangstüre. Als die Tür ins Schloss gefallen war, öffnete sich das Gartentor und eine großgewachsene blonde Frau mit schulterlangen welligen Haaren kam ihm entgegen. Sie nickte freundlich, lächelte und sagte: „Hallo." Martin bekam nur ein kleinlautes „Hi" heraus. Seine Augen blickten in die der jungen Frau und ihm wurde sonderbar zumute. Seine Schritte führten ihn unwillkürlich an ihr vorbei. Gerne wäre er mit ihr ins Gespräch gekommen, aber kaum hatte er den Plan gefasst, sie anzusprechen, war sie bereits im Haus verschwunden. Er blieb stehen und schaute einen Moment auf die eben geschlossene Türe. Dann drehte er sich um und lief mit gemischten Gefühlen davon.

4

Als er in die Gartenstraße einbog, sah er, dass ein Polizeiauto vor seinem Wohnhaus parkte. Sofort begann sein Kopf zu zucken und er musste ein unwillkürliches „Pah" ausstoßen. Er parkte seinen Corsa, holte die Fotoarbeiten heraus und ging in Richtung Haustüre. Die Tür des Polizeiwagens öffnete sich und Kommissar Frank stieg aus. Martin wurde es mulmig zu Mute, hatte er doch ein schlechtes Gewissen wegen des Zeitungsausschnittes und zudem wusste er, dass die Polizei ihn verdächtigte. Frank kam auf ihn zu, beide begrüßten sich mit gebotener Höflichkeit und Martin bat den Polizisten hinein.

Beide gingen stumm die Treppe hinauf bis in den ersten Stock. In der Wohnung nahmen sie am Esstisch Platz. Eine Pause entstand und Frank musterte Martin eindringlich.

„Sehen Sie, Herr Fennberg. Wir haben einige Erkundungen eingeholt über Sie. Und dabei sind wir auf interessante Dinge gestoßen."

Martin schluckte und fragte nur: „Ja?"

„Ja." Frank Gesichtszüge hellten sich auf. „Es gibt in unserem Computersystem einen Eintrag unter Ihrem Namen."

„Einen Eintrag?", wiederholte Martin. Er wusste nicht, was er jemals verbrochen haben könnte.

„Es handelt sich nicht um eine Straftat oder etwas Vergleichbares. Sie sind in einem Polizeibericht lobend erwähnt worden."

Martin setzte sich aufrecht hin. Nur seine Augen, die anfingen zu zucken, verrieten, dass er aufgeregt war.

„Es handelt sich um einen Mordfall, der sich letzten Sommer in Dobel ereignet hat. Martha Lindeau, eine Sängerin, wurde in einem Retreat-Center erschlagen und

Sie, Herr Fennberg, haben laut Kommissar Peters, der damals ermittelte, maßgeblich zur Aufklärung beigetragen."

Martin bestätigte mit einem stummen, schüchternen Nicken.

„Ich habe mit meinem Kollegen Peters am Telefon ein interessantes Gespräch geführt und er hat mir angeraten, mit Ihnen zusammenzuarbeiten. Er sagte, dass Sie über eine kriminalistische Intelligenz verfügen und die Indizien richtig kombinieren können."

Martin wurde rot. Er war geschmeichelt über das Lob des Kommissars.

„Nun gut. Die Theorie, dass Sie den Mord verübt haben könnten, habe ich nach dem Gespräch mit Peters, der mir versicherte, dass Sie absolut integer sind, beiseitegelegt. Ich bin bereit, mit Ihnen zusammenzuarbeiten, wenn Sie eine Idee oder einen Ansatzpunkt haben. Vielleicht ist es nicht schlecht, wenn Sie als eine Art unauffälliger Detektiv agieren. Seien wir also offen und berichten wir, was wir bisher herausgefunden haben."

Martin dachte an die Annonce. Das war der einzige Hinweis, den er hatte, aber leider hatte sich dieser Weg zerschlagen und es gab keine Möglichkeit mehr für ihn, mit der Familie Kontakt aufzunehmen. „Ich habe Ihnen nicht die ganze Wahrheit erzählt", begann er. „Ich habe bei dem Toten einen Zeitungsauschnitt gefunden, den ich Ihnen unterschlagen habe."

Franks Augenbrauen hoben sich und seine wachen Augen blitzen.

„Sehen Sie", er holte den Ausschnitt aus einer Schublade seines Schreibtisches, „hier ist er. Darauf ist eine Verlobungsannonce markiert."

Frank musterte den Ausschnitt und las die Anzeige. „Und was haben Sie bis jetzt unternommen?"

„Ich habe Kontakt aufgenommen zu der Familie und habe meine Dienste als Fotograf angeboten."

„Sehr gut."

„Aber leider wurde ich abgelehnt und ich sehe jetzt keine Möglichkeit mehr, an die Familie heran zu kommen."

„Ich verstehe."

„Man weiß natürlich nicht, ob überhaupt jemand aus dieser Familie verantwortlich ist für den Mord oder ob es nur reiner Zufall war. Vielleicht hatte der Tote die Annonce aus einem ganz anderen Grund in seiner Hosentasche stecken. Vielleicht wollte er auch nur an der Feier teilnehmen. Wir wissen ja nicht, wer der Tote war."

„Ja, das scheint mir nur eine vage Spur zu sein. Eventuell werden wir dort auch noch einmal nachhaken. Später, wenn wir nichts anderes Greifbares in der Hand haben."

„Haben Sie denn eine Spur?", wollte Martin wissen.

„Wir haben den Toten identifiziert." Er holte sein Notizbuch heraus und las: „Er heißt Daniel Hellter und wurde 1971 in Karlsruhe geboren. Er war nach der Schule häufig in Neuseeland, machte dort `Work and Travel´. Später absolvierte er eine Ausbildung zum Schreiner und arbeitete seitdem in einem kleinen Familienbetrieb in Karlsruhe-Daxlanden. Er ist ledig und hat keine Kinder. Es gibt keinen Eintrag im Polizeiregister. Er lebte vollkommen unauffällig. Wir sind gerade dabei, sein Umfeld zu überprüfen, Freunde, Verwandte und so weiter. Die Kollegen arbeiten fieberhaft daran, die letzten Stunden seines Lebens zu rekonstruieren."

„Ist er vergiftet worden?"

„Ja. Er starb an einer Taxin-Vergiftung. Das Taxin stammt von der hochgiftigen Eibe, die eine häufige Zierpflanze in deutschen Gärten ist. Jemand hat ihm eine tödliche Dosis zugeführt. Die Rinde wurde zerrieben in einem Stück Kuchen serviert. Es dauert eine gewisse

Zeit, bis das Gift anschlägt. Das macht es so schwierig herauszufinden, wer ihm das Gift verabreicht hat."

„Ich verstehe. Darum ist es äußerst wichtig, zu wissen, was er die letzten Stunden gemacht hat."

„Richtig. Das ist unsere Spur, die wir verfolgen. Es könnte sein, dass der Täter bei Ihnen erscheint. Vielleicht möchte er sich vergewissern, dass Sie ihn nicht erkannt haben? Vielleicht war es Absicht, dass der Tote ausgerechnet bei Ihnen gestorben ist? Vielleicht war der Zufall in Wirklichkeit arrangiert?"

„Ich werde die Augen offen halten und Ihnen Bericht erstatten, sobald mir etwas Ungewöhnliches auffällt."

„Genau darum wollte ich Sie bitten. Bleiben wir also in Kontakt. Wenn wir etwas herausgefunden haben, werden wir uns wieder treffen und gemeinsam beraten."

Kommissar Frank erhob sich. „Es gibt einiges zu tun. Ich wünsche Ihnen einen schönen Tag."

Martin begleitete den Kommissar zur Tür. Nachdem dieser gegangen war, atmete er tief durch. Nun war er wieder mitten in einen Mordfall verwickelt und dieses Mal sogar in offizieller Funktion.

In dieser Nacht schlief Martin unruhig. Zu viele Gedanken gingen ihm im Kopf herum. Morgen wollte er wieder ins Studio gehen und die Augen offen halten.

Vielleicht hatte er ja etwas übersehen. Und dann, spät in der Nacht, kamen ihm wieder diese blauen Augen in den Sinn. Die Augen, denen er nicht widerstehen konnte. Würde er sie je wiedersehen?

5

Martin schloss die Tür zum Fotoatelier auf. Der Verkaufsraum hatte etwas Unwirkliches, wie er empfand, denn hier war der fremde Mann gestorben. Die Stelle, an der er gelegen hatte, war noch mit Kreide markiert. Er räumte seine Fotobücher und Flyer behutsam auf, denn durcheinander bringen durfte er nichts, so lange der Mord nicht aufgeklärt worden war. Nachdenklich setzte er sich einen Moment hin und ließ den gesamten Nachmittag vor seinem inneren Auge Revue passieren. Da waren zunächst diese furchtbaren Leute, die ein Familienbild aufnehmen wollten. Er erinnerte sich gut an die aufgeregten Jungen. Aber dann, was geschah danach? Er war im Labor und entwickelte ein Bild. Er konnte nicht sehen und hören, was sich vor dem Fotostudio abspielte. Er hörte nur die Glocke, als der Mann den Laden betrat. Woher er kam, aus welcher Richtung, das wusste er nicht. Hatte jemand außerhalb des Studios gestanden, als er in den Verkaufsraum kam? Oder hatte jemand die Schaufenster passiert, als der

Fremde starb? Der Mörder könnte sich vergewissert haben, dass sein Opfer auch wirklich seiner Vergiftung erlag. Nichts kam ihm in den Sinn. Er konnte sich nicht erinnern. Sein Fokus lag ganz auf dem Sterbenden.

Dann, als der Fremde gestorben war, ging er zur Tür und schloss das Studio zu. Dabei schaute er auf die Straße und vergewisserte sich, dass niemand ihn beobachtete, denn er wollte den Toten durchsuchen. War ihm dabei jemand aufgefallen? Denk nach, dachte Martin. Er ging zur Tür und stellte die Szene nach. Zuerst sah er nach draußen und dann schloss er die Türe zu. Moment. Halt! Da war doch jemand, der schnellen Schrittes vom Fotostudio weglief. Martin schaute in die Leere. Wie sah diese Person nur aus? Sie hatte blonde Haare und eine schwarze Jacke. Daran konnte er sich erinnern. Aber war es ein Mann oder eine Frau? Das konnte er nicht sagen. Außerdem war es schwierig zu beurteilen, ob es diese Person nicht einfach nur eilig hatte und deswegen so schnell lief. Martin konnte keine sichere Verbindung herstellen. Er schloss die Tür wieder und setzte sich einen Moment lang auf die Couch. Er hatte nichts in der Hand, an das er sich erinnerte. Er seufzte, nahm seine Jacke und verließ das Studio.

Als er zurück in seine Wohnung kam, sah er, dass der Anrufbeantworter blinkte. Er zog seine Jacke und Schuhe aus und drückte auf den Abspielknopf. Eine ihm bekannte Stimme ertönte: „Hallo, Herr Fennberg. Hier ist Charlotte Driesig. Ich bitte Sie um einen Rückruf. Ich bin den ganzen Nachmittag zu Hause. Vielen Dank."

Martin war plötzlich ganz aufgeregt. Was hatte dieser Anruf zu bedeuten? Sollte es sich Frau Driesig doch noch einmal anders überlegt haben? Sofort rief er zurück.

„Bei von Breidenfall?", vernahm er das Mädchen.

„Hallo, hier ist Martin Fennberg, ich würde gerne einen Augenblick mit Frau Driesig sprechen."

„Sehr gerne, bitte warten Sie einen Augenblick."

„Driesig", hörte er einen kurzen Moment später.

„Hallo Frau Driesig, hier Martin Fennberg, Sie hatten bei mir angerufen?"

„Ja, Herr Fennberg. Also, ich habe es mir noch einmal überlegt. Ich möchte Sie nun doch gerne engagieren. Bitte kommen Sie noch einmal bei mir vorbei."

Martin konnte es kaum fassen. Freudig antwortete er: „Ich bin in einer halben Stunde bei Ihnen."

Mit diesen Worten legte er den Hörer auf. Was hat dieser Sinneswandel zu bedeuten? Schnell packte er seine Sachen zusammen und machte sich auf den Weg.

Zwanzig Minuten später stand er vor der Villa von Breidenfall. Er klingelte. Aber dieses Mal öffnete nicht das Mädchen, sondern diese unbekannte blonde Frau, die er beim letzten Mal im Fortgehen gesehen hatte. Er blieb wie perplex stehen. Ihr Lächeln war wieder so anziehend wie bei ihrer ersten Begegnung. Sie reichte ihm ihre Hand und durchbrach den Moment: „Sie sind Herr Fennberg, der Fotograf?"

„Ja, das bin ich."

„Es freut mich, Sie kennen zu lernen. Ich bin Veronika Schönlein, die Cousine von Rolf von Breidenfall."

„Die Freude ist ganz auf meiner Seite." Ihm fiel es sehr schwer, in diesem Moment seine Tics unter Kontrolle zu halten. Ganz leise entwischte ihm ein kleines „Pah" und für einen kurzen Moment öffnete er weit den Mund. Veronika Schönlein lächelte darüber hinweg und sagte: „Bitte kommen Sie doch herein. Ich denke, Sie werden erwartet."

Er trat ins Haus.

„Wir sind alle ganz aufgeregt vor dem großen Ereignis. Charlotte, ich meine Frau Driesig und mein Cousin sind wirklich ein bezauberndes Paar und wir alle wollen, dass die Hochzeit ein unvergessliches Erlebnis wird."

„Zweifellos", bemerkte Martin.

41

Veronika fragte interessiert: „Sie hat mir erzählt, dass Sie die ganze Feierlichkeit begleiten wollen? Von Anfang an? Also auch schon vor der eigentlichen Hochzeitsfeier?"

„Ja, das ist richtig. Ich möchte einen umfassenden Eindruck wiedergeben."

„Das klingt sehr interessant. Dann werden Sie des Öfteren hierher kommen?" Dabei blieb sie stehen und blickte ihm fest in die Augen.

Langsam antwortete er: „Das wird nicht zu vermeiden sein, fürchte ich."

Ihre Stimme glänzte: „Oh, nein, ganz im Gegenteil, das ist sehr erfreulich!" Dann brach sie ab, als ob sie etwas Falsches gesagt hätte und verbesserte sich: „Ich meine, das ist sicherlich angebracht."

Martin blickte ihr immer noch tief in die Augen und sagte leise: „Ja, ich finde es auch sehr schön."

Veronika führte ihn ins Wohnzimmer, in dem Charlotte auf der Couch saß. Als er neben Charlotte Platz nahm, schloss Veronika die Türe von außen.

„Sie werden sich sicherlich wundern, warum ich Sie noch einmal hierher bestellt habe", begann Charlotte. „Aber mein Verlobter und ich haben noch einmal gründlich über Ihr Angebot nachgedacht. Und eine

Hochzeit ist das schönste Fest im Leben und da muss man ja nicht geizig sein oder? Also, wir werden Ihnen 2000 Euro ausbezahlen, wenn Sie Ihre Arbeit zufriedenstellend erledigt haben."

„Das ist sehr freundlich, Frau Driesig, ich nehme dankend an."

Jetzt wurden die genauen Details besprochen, wer an welchen Tagen wie fotografiert werden sollte. Im Haus wohnten noch die beiden Kinder aus erster Ehe, Lena und Marcus von Breidenfall, die eine besondere Stellung in dem Fotobuch erhalten sollten. Ebenso verhielt es sich mit Veronika Schönlein, die Cousine von Rolf von Breidenfall. Der erste offizielle Einsatz wäre dann am kommenden Samstag, den 14. Januar, um bei der Verlobungsfeier die festlichen Eindrücke festzuhalten. Die familiäre Feier würde im Haus stattfinden und es waren etwa 30 Gäste eingeladen.

Nach der Besprechung wollte Martin das Haus verlassen, doch in der Halle wurde er von Veronika empfangen, die auf ihn dort wartete.

„Sie sind fertig, Herr Fennberg?"

„Ja, wir haben alles Wichtige besprochen." Er sagte charmant: „Am Samstag werde ich Sie alle wie gewünscht in Szene setzen."

„Das ist sehr gut." Nach einer kurzen Pause lud sie ihn ein: „Es ist so schön sonnig heute, was halten Sie davon, ein bisschen im Schlosspark spazieren zu gehen?"

Martin war freudig überrascht von diesem verlockenden Angebot.

„Ja, sehr gerne. Ich gehe sehr gerne in den Schlossgarten. Vor allem der Botanische Garten gefällt mir sehr."

„Dann passt das ja gut." Ihren Mantel hatte Veronika bereits zurecht gelegt. Sie fuhren in Martins Corsa Richtung Pädagogischer Hochschule, um dort den Wagen zu parken. Von dort aus war es nicht mehr weit bis in den Schlossgarten.

Sie liefen schweigend nebeneinander her. Martin versuchte seine Tics bis auf ein Minimum zu kontrollieren. Nur ganz leicht ging er beim Laufen etwas in die Knie und fast unmerklich öffnete er langsam den Mund, um ein stummes „Pah" auszustoßen. Ab und an schaute der eine den anderen lächelnd an. „Ich bin Veronika."

Er antwortete mit warmer Stimme: „Ich bin Martin."

„Weißt du, Martin, als ich dich das erste Mal sah, bei Charlotte vor dem Haus, da wusste ich, dass ich dich wiedersehen wollte."

Martin war überrascht von Veronikas offener Art. Er fand sie ausgesprochen sympathisch. Lächelnd antwortete er: „Mir ging es ganz genauso. Ich wollte dich ansprechen, doch ich bekam nichts heraus."

Sie blieb stehen und wendete sich ihm zu, als ob sie ihm etwas Wichtige sagen wollte. „Wundert es dich nicht ein wenig, dass sich Frau Driesig doch noch einmal bei dir gemeldet hat? Nachdem sie dir bereits abgesagt hatte?"

„Ja natürlich, ich kann mir keinen Reim darauf machen."

Veronika begann zu lachen. „Ich habe sie darum gebeten."

Martin blickte sie erstaunt an: „Du hast was?"

Ihre Augen funkelten: „Ich wollte dich wieder treffen. Sie war so nett und tat mir den Gefallen."

„Das ist ja verrückt." Wieder gingen sie schweigend nebeneinander her. Martin konnte nicht glauben, was Veronika für ihn getan hatte. Er schmunzelte in sich hinein. Sonderbar, wie gut es ihm in der Gegenwart von Veronika ging. Wie wohl er sich bei ihr fühlte. Er hoffte, dass es ihr vielleicht auch so ginge. Interessiert fragte er: „Und du wohnst auch bei den von Breidenfalls?"

„Nein, nein, ich habe eine kleine eigene Wohnung in der Südweststadt. Ich wohne in der Kurfürstenstraße, in der

Nähe vom Bahnhof. Ich bin nur so oft dort, weil wir uns alle so gut verstehen."

„Und was machst du beruflich?"

„Ich bin Kunstpädagogin. Ich bespreche mit Kindern Bilder und Skulpturen in der Kunsthalle. Das macht sehr viel Spaß. Kinder sind schon toll und so begeisterungsfähig."

„Ja, das stimmt." Martin dachte an Nico und Marcel. Es sagte besser nichts weiter zu diesem Thema. „Und selbst bist du auch künstlerisch tätig?"

„Ja, manchmal, wenn ich Zeit und Muse habe, dann male ich sehr gerne."

„Dann haben wir etwas gemeinsam. Du malst Bilder und ich fotografiere und bearbeite Bilder. Das sind beides sehr kreative und künstlerische Tätigkeiten."

„Das stimmt."

Wieder gingen sie ein Stückchen schweigend am kleinen See entlang. „Darf ich dich etwas Persönliches fragen? Ich weiß nicht, ob das zu intim ist für ein erstes Treffen, aber mich interessiert es brennend."

„Ja gerne, frag."

„Charlotte hat es mir erzählt und mir ist es auch gleich aufgefallen. Du zuckst ab und an und machst Geräusche.

Du musst mir nicht antworten, wenn du nicht magst. Aber mir ist so jemand noch nie begegnet und ich dachte, ich frage einfach frei heraus."

Martin war etwas peinlich betroffen. Er wollte doch einen guten Eindruck machen bei Veronika und sogleich kam die Sprache wieder auf seine Krankheit. Offenbar war es ihm nicht möglich gewesen, diese für einen Moment lang zu verheimlichen. Eigentlich war er sehr selbstbewusst und es machte ihm nichts weiter aus, aber er wusste nicht, wie Veronika darauf reagieren würde. Er entschied sich so locker wie sonst auch darüber zu sprechen und begann: „Ja, das stimmt. Aber das ist nichts Schlimmes." Fast schon professionell referierte er: „Das ist das Gille-de-la-Tourette-Syndrom. Das ist eine Neurologische Krankheit. Eine Stoffwechselfehlfunktion im Gehirn. Du musst es dir so vorstellen, als ob du einen Schluckauf im Gehirn hast. Einen Schluckauf kannst du nicht kontrollieren. Und genauso ist das mit den Zuckungen. Du weißt, gleich kommt ein Impuls, aber du kannst ihn nicht verhindern."

„Wie ein Schluckauf im Gehirn?", wiederholte Veronika.

„Ja, bei mir klappt das mit dem Dopaminhaushalt nicht so richtig. Das ist ein Botenstoff. Es wird unregelmäßig in großen Mengen ausgeschüttet. Das kann man sogar messen. Ja, und dann entsteht so eine Zuckung."

„Und kann man etwas dagegen unternehmen?"

„Ja, man kann sich medizinisch behandeln lassen. Das hilft ein bisschen. Aber ganz weg wird es nie gehen, das ist utopisch. Also lernt man, damit zu leben."

„Ich wusste gar nicht, dass man schon so viel über diese Krankheit in Erfahrung gebracht hat? Ich hatte vorher noch nie wirklich etwas darüber gehört."

„Als ich klein war, wusste man noch nicht so viel darüber. Das war sehr schlimm. Ich hatte große Probleme in der Familie und in der Schule. Kinder können grausam sein. Das habe ich am eigenen Leib erfahren dürfen." Er wusste nicht, wie offen er mit ihr darüber reden konnte. Doch dann sprudelte es aus ihm heraus und er erinnerte sich: „Mir kommt eine Klassenfahrt in den Sinn. Da war ich vielleicht in der sechsten Klasse. Ich saß im Reisebus auf meinem Platz und musste unentwegt mit dem Kopf zucken. Meine Klassenkameraden beugten sich über meinen Stuhl und ließen mich nicht mehr aus den Augen. Sowie eine Zuckung kam, lachten alle aus vollem Halse. Das war schlimm. Ich musste auch zur Psychotherapie. Aber da ich ja nichts dafür konnte und es etwas Organisches war, half das nichts."

„Oje, das kann ich mir vorstellen. Das muss schlimm gewesen sein", sie nahm seine Hand. Martin errötete darauf hin etwas.

„Ja, und später dann, als man mehr wusste und vor allem die anderen informiert waren, da entspannte sich alles zusehends. Man muss lernen, selbstbewusst zu sein. Das habe ich gelernt und nun kann ich gut damit leben." Er strahlte Veronika an.

„Aber natürlich", bestätigte sie. „Und wie klappt das im Beruf? Ich meine, gibt es da irgendwelche Einschränkungen?", wollte Veronika wissen.

„Im Beruf geht das ganz gut. Es ist nie ganz weg, aber wenn ich mich kreativ betätige, dann sind die Tics bis auf ein Minimum verschwunden. Ich habe für mich eine Nische gefunden und darin fühle ich mich ganz wohl."

„Das ist die Hauptsache." Veronika dachte angestrengt nach. „Woher kommt denn diese Krankheit?"

„Naja, es gibt Forscher, die meinen, dass man sie durch eine Streptokokkeninfektion bekommen kann. Andere glauben, sie ist genetisch bedingt und vererbbar. Mir ist das ganz egal, woher sie kommt. Ich habe sie und damit muss ich leben."

„Da hast du Recht."

Veronika versuchte sich in seine Lage zu versetzen. „Und wie sind die Reaktionen, wenn dich Menschen kennen lernen?"

„Ganz unterschiedlich. Aber ich kann dir sagen, dass ich niemals Probleme mit Freunden oder Partnerinnen hatte."

„Ja, das dachte ich mir", bestätigte Veronika. Leise fügte sie hinzu: „Ich habe selbst auch kein Problem damit."

„Das ist schön." Martin, dessen Hand noch immer von Veronikas gehalten wurde, hielt diese für einen Moment ganz fest. Sie mag mich, dachte Martin. Mit dieser Begegnung hatte er nicht gerechnet. Und es fühlte sich gut an.

6

Heute sollte die Verlobungsfeier stattfinden. Für 15 Uhr war Martin in die Villa bestellt worden. Er hatte sich fein herausgeputzt und trug einen dunkelblauen Anzug mit schwarzen Lackschuhen. Seine Ausrüstung im Gepäck fuhr er in Richtung Schubertstraße. Als er sein Auto parkte, fiel ihm sofort auf, wie schön das Haus geschmückt war. Überall in den Fenstern waren große Blumengestecke angebracht, vor der Eingangstür stand ein großes rotes Herz, dessen Rand mit rosafarbenen Rosen geziert war. In dem Herz standen die beiden Namen des Verlobungspaares und ein feierlicher Spruch. An den beiden Säulen hingen bunte Bänder mit Luftballons. Martin läutete und das Mädchen öffnete die Türe. Im Haus erschallte feierliche klassische Musik. Charlotte kam ihm entgegen. Sie hatte ein dunkelblaues, seidenes, bis zum Boden gehendes Kleid an. Das Dekolleté war weit ausgeschnitten und mit einer großen Perlenkette geschmückt. Ihre Haare waren hochgesteckt. Passend zur Kette rundeten Perlenohrringe den perfekten Eindruck ab.

„Guten Tag, Herr Fennberg. Sie sehen, wir sind noch mitten in den Vorbereitungen. In einer halben Stunde etwa werden die ersten Gäste eintreffen. Sie können Ihre Sachen in das Ankleidezimmer im ersten Stock legen. Marie wird Ihnen zeigen, wo es ist."

Sie blickte sich um und sprach mit dem Mädchen: „Marie, bitte zeige dem Herrn das Ankleidezimmer. Anschließend soll er wieder hinunterkommen und Rolf kennen lernen."

Martin ging mit dem Mädchen in den ersten Stock und verstaute seine Ausrüstung.

„Das wird ein großes Fest heute", sagte er zu Marie, während er den Fotoapparat auspackte.

Diese lächelte gezwungen und meinte: „Ja, wir alle freuen uns sehr für das Paar."

Martin war etwas verwundert über ihre Reaktion. Stumm wartete sie dann, bis er fertig war und beide wieder hinunter gehen konnten. Unten angekommen kam ihm Charlotte mit einem großen, schlanken, graumelierten Mann entgegen. Dieser hatte mittellange, leicht wellige Haare und trug eine Brille. Auffällig war der frische und gut riechende Duft, der ihn umgab.

„Herr Fennberg, darf ich vorstellen. Das ist mein Verlobter, Herr Rolf von Breidenfall." Sie hakte sich Rolf unter und strich ihm über den schwarzen Anzug, der mit einer roten Rose geschmückt war.

Martin reichte ihm die Hand. „Ich habe schon viel von Ihnen gehört. Ich freue mich, Sie jetzt persönlich kennen zu lernen."

„Die Freude ist ganz meinerseits", antwortete Rolf von Breidenfall. „Fühlen Sie sich wie zu Hause. Sie können sich hier frei bewegen. Hoffentlich können Sie viele schöne Eindrücke von unserem Fest ablichten."

„Ich werde es versuchen."

„Wir können gleich damit anfangen", meinte Charlotte. „Lena und Marcus!", rief sie ins Wohnzimmer. „Bitte kommt doch einmal her!"

Gleich darauf kamen Lena, die Tochter Rolfs und Marcus, dessen Sohn in die Halle. Lena hatte blonde, kurze Haare und eine feminine Figur, die durch das grüne Kostüm, das sie trug, vorteilhaft hervorgehoben wurde. Marcus war ein eher untersetzter kleinerer Mann mit dunklen kurzen Haaren, der ein weißes Hemd mit schwarzer Stoffhose trug.

„Was ist?", fragte Lena.

„Herr Fennberg, der Fotograf ist eben gekommen. Wie wäre es, wenn wir ein paar Aufnahmen machen würden, bevor der große Trubel beginnt? Wir könnten ein Familienbild aufnehmen, vielleicht draußen vor dem großen Herz?"

„Muss das ein?", maulte Lena, „Draußen ist es so kalt."

„Bitte Lena", bat Rolf und sah sie aufmunternd an.

„Na schön, gut." Lena blickte zu Boden und ging an der Gruppe vorbei in Richtung Tür. Marcus sagte nichts. Stumm lief er Lena hinterher.

„Komm, Rolf", bestimmte Charlotte im Hinausgehen, „wir stellen uns in die Mitte und die Kinder stehen rechts und links daneben."

„Ja, genau so machen wir es, Liebling. Lena stellt sich am besten zu mir und Marcus zu dir."

„Wie schaut das aus, Herr Fennberg?", fragte Charlotte.

„Sehr gut. Es macht sich gut vor dem roten Herzen. Jetzt bitte einmal alle lächeln!" Bald war das Bild gemacht und die Fünf gingen schnell wieder zurück ins Haus.

„Lena, könntest du bitte Marie mit dem Sekt helfen?" bat Charlotte. „Ich möchte, dass jeder Gast zu Beginn ein Glas Sekt erhält. Bitte."

Lena blickte Charlotte an. Mit einem kurzen `ja´ drehte sie sich um und lief zu Marie in die Küche.

„Und du Marcus, könntest dich nützlich machen und den Gästen helfen, ihre Garderobe abzulegen. Marie kann das unmöglich alleine bewerkstelligen."

„Ja gut, das kann ich machen", hörte man Marcus sagen.

„Und Sie, Herr Fennberg, könnten die Räumlichkeiten ablichten. Wir haben uns sehr viel Mühe gegeben, die Räume aufzuhübschen."

„Und du kommst jetzt erst einmal zu Ruhe, Liebling." Rolf legte seine Hand auf Charlottes Schulter. „Es wird ein wunderbares Fest werden. Und nicht alles muss gleich perfekt sein."

„Aber Schatz, ich will, dass alles perfekt wird."

„Liebling, das wird es bestimmt. Entspann dich." Er küsste sie sanft auf den Mund. Martin drehte sich um und machte sich daran, die geschmückten Räumlichkeiten zu fotografieren. Er bemerkte nicht, dass in der Zwischenzeit Veronika gekommen war. Plötzlich, als er sich umdrehte, stand sie vor ihm.

„Veronika!", rief er begeistert aus.

„Hallo Martin. Ich sehe, du bist schon bei der Arbeit."

„Ja, ich gebe mir alle Mühe, die wirklich schönen Details alle zu fotografieren. Wenn du magst, dann mache ich von dir auch ein schönes Bild. Wie wäre es gleich hier vor dem geschmückten Fenster?"

„Aber gerne." Veronika drapierte sich und lächelte dabei so erfrischend natürlich. Sie trug ein enges beigefarbenes Oberteil und dazu eine dunkelblaue Marlene Dietrich Hose. Dieses Outfit verlieh ihr einen sportlich-schicken Touch, was Martin sehr anziehend fand.

„Sehr schön", befand sie, als das Bild geschossen war. „Hast du schon etwas zu trinken bekommen, ein Glas Sekt?"

„Nein, noch nicht"

„Dann hole ich uns zwei Gläser." Sofort ging Sie zu Maric und Lena und ließ sich zwei Gläser Sekt geben. Freudestrahlend ging sie zu Martin und überreichte ihm eins.

Veronika erhob ihr Glas und sagte: „Auf den heutigen Tag."

„Auf den heutigen Tag."

Sie fügte hinzu: „Und darauf, dass wir uns kennen gelernt haben."

Martin blickte ihr tief in die Augen. „Ja", flüsterte er, „das ist sehr schön."

Keine halbe Stunde später war das Fest in vollem Gange. Es läutete unentwegt die Hausglocke und die Gäste strömten herein. Darunter waren die Eltern von Rolf, sowie einige wenige Verwandten. Der Großteil der Gäste waren Freunde und Kollegen aus der Firma. Martin passte jeden Gast einzeln ab und machte eine Portraitaufnahme. Nachdem er alle einmal abfotografiert hatte, machte er eine Pause. Die Gäste verteilten sich in den unteren Wohnräumen, dem Wohnzimmer, dem offenen und großzügig gestalteten Esszimmer, in der Halle und selbst in der großen Wohnküche.

Dann setzte Charlotte an, eine kleine Rede zu halten. Die Gäste drängelten sich ins Wohnzimmer. Sie bat um Ruhe und begann einige Worte über ihre glückliche Beziehung zu sprechen und erzählte unter anderem die Geschichte, wie Rolf auf den Malediven um ihre Hand angehalten hatte. Martin beobachtete dabei die Gäste, wie sie zuhörten und lächelten. Lena fiel ihm sofort auf. Während die meisten Gäste Charlotte wohlwollend ansahen, schaute sie betreten auf den Boden. Sie schien in Gedanken versunken, sich mit etwas ganz anderem zu beschäftigen. Marcus lächelte nicht. Es war schwierig zu beurteilen, was in seinem Kopf vor sich ging. Ganz hinten beobachtete er Marie, das Mädchen, das erstaunlicherweise nicht Charlotte beim Sprechen, sondern Rolf beim Zuhören ansah. Veronika saß ganz gelöst in einem Sessel. Sie machte auf Martin den Eindruck, dass sie sich ganz sicher und wohl fühlte.

Nachdem sich Charlotte bei der Familie und den Freunden bedankt hatte, leitete sie hinüber zum Buffet, das ab sofort geöffnet war. Es gab heute Indisches Essen, weil sie so gerne Indisch aß. Ein freudiges Raunen ging durch den Raum. Die Gäste machten sich über das Essen her und eine zufriedene Ruhe breitete sich aus. Martin ging in den Räumen umher und knipste hier und da einen Schnappschuss. Dabei bekam er einige interessante Gesprächsfetzen mit:

„Sie sind doch beide ein sehr schönes Paar", bemerkte eine Frau.

„Ja und so glücklich", entgegnete der Mann.

„Dass sie in diesem fortgeschrittenen Alter noch die Liebe ihres Lebens gefunden haben, das ist unglaublich.

Und das, nachdem er jahrelang seine erste Frau mit ihrem schweren Schicksal begleitet hat. Er war am Boden zerstört, als sie starb. Man glaubte, dass er sich nicht mehr davon erholen würde. Und er tat es doch. Meine Anerkennung."

„Ja, da hast du Recht."

Martin ging weiter.

„Sie kann von Glück reden, das sie ihn bekommen hat", flüsterte Irmgard Styner, die Cousine von Rolf von Breidenfall. „War da nicht Frau Manié, die Witwe des Herzchirurgen Manié aus Heidelberg, auf die er zuerst ein Auge geworfen hatte?" Sie nippte an ihrem Glas.

„Stimmt, du hast Recht. Das ist gar nicht so lange her. Aber dann lernte er Charlotte kennen und wie sie sich ins Zeug geworfen hatte!", erinnerte sich ihre Freundin.

„Auf ganz und gar widerliche Art und Weise. Ich weiß, wovon ich spreche."

„Und sie entspricht nicht seinem Stand. Sie kommt aus einer ganz ärmlichen Familie."

„Und wenn sich jetzt alles fügt, wird sie bald eine reiche Frau sein."

„Bitte lächeln!", unterbrach Martin deren Unterhaltung. Die beiden Frauen erschraken leicht und setzten dann ihr

Sonntagslächeln auf. Danach ging Martin weiter. Er stand jetzt dicht hinter Lena, die den Eindruck machte, nicht besonders gut gelaunt zu sein.

„Komm, jetzt reiß dich zusammen", sagte Marcus ganz leise zu Lena. „Wir können jetzt eh nichts mehr ändern."

„Ja, ich weiß", flüsterte Lena zurück. „Sie wird Mutter niemals ersetzen können. Egal, wie sie sich anstrengt."

„Nein, das kann sie nicht."

„Ich kann sie einfach nicht leiden. Ich wünschte, der Tag wäre schon vorbei."

„Jetzt, komm, lächle ein wenig, dann geht es leichter, glaub mir."

Lena drehte sich um und schaute Martin direkt in die Augen. Dieser setzte sofort die Kamera an und machte einen schnellen Schnappschuss.

„Ach", sagte Lena, stand auf und verließ den Raum. Marcus zuckte mit den Schultern und machte sich über das Buffet her.

Martin musste den Akku wechseln. Er stieg die Treppe hinauf und öffnete die Tür zum Ankleidezimmer. Erstaunt blieb er in der offenen Türe stehen. Im Zimmer saß Marie mit geröteten Augen. Als sie Martin sah, erschrak sie und wischte sich schnell die Tränen aus den Augen.

„Verzeihung", sagte Martin schnell. „Ich wollte nicht stören."

„Entschuldigen Sie bitte. Es ist alles in Ordnung." Rasch huschte Marie an Martin vorbei und ging die Treppe hinunter. Martin blickte ihr nach und wusste nicht, was er davon halten sollte.

Nachdem er den Akku gewechselt hatte, machte er sich auf in die zweite Runde. Draußen war es in der Zwischenzeit dunkel geworden. Das Fest war in vollem Gange. Die Gäste wechselten die Räume. Manche verließen das Haus zum Rauchen und kamen anschließend wieder herein. Nach dem Essen wurde Musik eingespielt. Ein Gast bot eine Gesangsdarbietung dar und Rolfs Nichte spielte eine Etüde auf der Violine. Um 22 Uhr eröffnete Charlotte das Nachtischbuffet. Es wurde Kaffee gereicht und es gab acht unterschiedliche Kuchen und Torten, eine verlockender als die andere. Abgerundet wurde die Tafel durch eine große Käseplatte mit Obst. Die Gäste stürzten sich sogleich auf die dargebotenen Köstlichkeiten.

Veronika und Martin verbrachten so viel Zeit wie möglich auf der Feier zusammen. Sie lachten sehr viel. Ganz heimlich und verstohlen berührten sie sich, so oft es ging, manchmal zufällig, manchmal gewollt. Und als ein Evergreen Elvis Presleys ertönte, `Always on my mind´, kam Veronika ganz dicht an Martin heran und küsste ihn. Es war der perfekte Abend. Und beide waren sich im Klaren, dass sie ineinander verliebt waren.

Je später der Abend wurde, desto ruhiger wurde es. Nahezu alle Gäste waren bereits gegangen. Gegen 24 Uhr klingelte es an der Tür und Patrick, ein Gast, der sich eben verabschiedet hatte, kam zurück. Er war ganz bleich und aufgeregt. Er sagte wirr: „Ein Unfall! Bitte schnell, holt einen Krankenwagen!"

„Ein Unfall?", fragte Rolf, der ihm entgegen kam mit seiner ruhigen Stimme.

„Ja", wiederholte Patrick. Er schluckte und haspelte weiter: „Draußen am Haus. Der Balkon, die Brüstung, ist eingebrochen und am Boden liegt ein Mann. Ich habe es eben gesehen, als ich in mein Auto steigen wollte. Schnell, bitte!"

Charlotte riss die Augen auf: „Schnell, wir müssen sehen, was passiert ist!"

Alle, die noch da waren, liefen ums Haus herum an die Stirnseite. Im Schein der Straßenlaterne war diese Seite des Hauses gut einschbar. Es lag dort tatsächlich ein Mann zwischen Backsteinen und Putz auf dem Boden.

Rolf kniete sich sofort zu dem Mann und fühlte den Puls. Er blickte verzweifelt auf: „Der Mann ist tot."

7

Alle standen im Kreis um den Toten herum. Martin blickte nach oben. Der Mann war durch die Brüstung gebrochen und abgestürzt. „Wie kann so eine massive Brüstung einbrechen?", fragte er Veronika.

„Der Balkon war gesperrt, wegen Einsturzgefahr", erklärte Veronika. „Das wussten alle. Das ganze Haus muss dringend saniert werden. Schrecklich. Der arme Mann hatte das offenbar nicht gewusst."

„Wer ist das überhaupt?", fragte nun Marcus.

Alle schauten sich an, aber keiner konnte eine Antwort darauf geben.

„Ich habe ihn fotografiert, als er hereinkam", sagte Martin.

„Ich habe ihn auch gesehen", berichtete Lena. „Ich dachte, es wäre ein Freund von Charlotte."

„Von mir? Aber ich kenne diesen Mann nicht!", sagte Charlotte entsetzt.

„Was soll das heißen?", hört man Rolfs Stimme. „Ist das etwa ein fremder Mann, der sich bei uns im Haus herumgeschlichen hat? Was hatte er hier zu suchen? Marie, das ist dein Zimmer, von dem der Balkon abgeht. Kennst du diesen Mann?"

Marie verneinte. Sie habe ihn zuvor noch nie gesehen. Niemand konnte sich erklären, wie der Fremde auf den Balkon kam.

„Wir müssen die Polizei verständigen", begann Martin. „Wahrscheinlich war es ein Unfall. Der muss ordentlich gemeldet werden."

„Richtig." Rolf besann sich. „Ich werde gleich einen Anruf tätigen."

Charlotte war geschockt. Dass ihr perfektes Fest so enden würde, hätte niemand gedacht. Weil es sehr kalt war, bot sich Martin an, bei der Leiche zu bleiben. Die anderen gingen ins Haus, um auf die Polizei zu warten. Es wurde nichts gesprochen. Alle waren perplex und in Gedanken versunken.

Als die Polizei kam, stiegen allen voran Kommissar Frank und Kommissarin Schubert aus dem Auto. Martin nickte ihnen zu. Bevor sie ins Haus zu den anderen gingen, lenkten sie ihre Schritte zu Martin in den Garten. Gleich danach kam der Arzt, der sich sogleich um den Toten kümmerte.

„Herr Fennberg", begann Kommissar Frank, „es scheint so, als ob Sie den Posten als Fotograf doch noch bekommen haben. Als der Polizist auf dem zuständigen Revier gehört hatte, dass sich bei dieser Verlobungsfeier ein tödlicher Unfall ereignet hat, informierte er uns gleich. Wir sind natürlich so schnell wie möglich gekommen. Also, was ist passiert?"

„Ein Mann ist den Balkon heruntergestürzt."

Frank stieß einen Pfiff aus. „Scheint so, als ob Sie auf der richtigen Fährte waren mit der Annonce. Ich hätte es nicht für möglich gehalten. Aber nun haben wir die zweite Leiche innerhalb einer Woche. Heruntergestürzt ist er? Das ist ein massiv gemauerter Balkon." Frank blickte nach oben. „Wie kann es sein, dass der Mann durchbrechen konnte?"

„Der Balkon war gesperrt, wegen Einsturzgefahr", berichtete Martin. „Das wusste der Mann offenbar nicht und lehnte sich gegen die Brüstung."

Frank beugte sich zu ihm hinunter und stutzte kurz. Direkt neben der Leiche, bei den Backsteinen lag ein Besen. „Was soll dieser Besen da bedeuten?"

„Das weiß ich nicht. Das habe ich mich auch schon gefragt."

Nach einer Pause fuhr Frank fort: „Wer ist der Tote?"

„Das weiß man nicht. Heute wurde die Verlobung von Rolf von Breidenfall und Charlotte Driesig gefeiert. Es waren dutzende Menschen hier. Der letzte Gast, der sich verabschiedet hatte, ein gewisser Patrick, fand dann die Leiche. Und gab Bescheid."

„Es gibt niemanden, der den Toten kannte? Es war kein Freund der Familie?"

„Nein, niemand kannte den Toten."

„Dann wollen wir einmal schauen." Er suchte den Toten mit seinen Händen ab. Dabei stieß er auf seine Geldbörse, die er in der Innentasche seiner Jacke trug. Behutsam holte er sie heraus. Darin waren die Papiere des Mannes. Er las seinen Personalausweis: „Der Tote hieß André Sterter und wurde 1970 geboren. Er wohnt in der Wichernstraße 51. Hm, das ist in der Weststadt, wenn ich mich nicht irre." Er suchte weiter und fand einen Auto- und Wohnungsschlüssel. Diese steckte er in eine durchsichtige Plastiktüte. „Weiter hat er nichts dabei. Gut, wir werden ihn überprüfen lassen. Wenn es eine Verbindung gab zwischen den Bewohnern dieses Hauses und diesem Herrn Sterter, dann werden wir es herausfinden."

„Wessen Zimmer ist das, von dem der Balkon abgeht?", fragte nun Kommissarin Schubert.

„Das ist das Zimmer des Mädchens Marie."

„Vielleicht ist es ja ihr Freund oder Geliebter, den sie heimlich in ihr Zimmer einließ. Und niemand durfte davon erfahren?"

„Das Mädchen behauptet auch, den Mann noch nie gesehen zu haben", gab Martin an.

„Wir werden sehen. Lassen Sie uns nach drinnen gehen und die Familie kennen lernen. Wir müssen mit jedem ein Gespräch führen. Vielleicht hat ja einer mit ihm geredet oder wurde von einem andern gesehen, wie er mit ihm gesprochen hatte?"

Sie überließen dem Arzt und den anderen Polizisten das Feld und gingen zur Familie, die im Wohnzimmer geschockt auf die Polizei wartete.

Charlotte weinte, hatte sie sich ihr Fest doch anders vorgestellt. Es sollte einer der schönsten Tage ihres Lebens werden. Rolf war dabei, sie mit seiner besonnenen Art zu trösten. Lenas Stirn war in Falten gelegt. So als versuchte sie, sich an irgendetwas Wichtiges zu erinnern. Marcus starrte vollkommen abwesend vor sich hin. Marie hatte Angst, das konnte man ihr ansehen. War der Tote ja aus ihrem Zimmer hinausgetreten auf den Balkon. Veronika kam zu Martin heran und fragte: „Martin, was hast du mit der Polizei zu tun?"

„Ich habe ihnen Auskunft gegeben, weiter nichts."
Nervös zuckten seine Augen.

Sie sah ihn an. Ihr Gesicht war betrübt und hatte nicht
mehr diese Leichtigkeit, wie die Tage zuvor. Dann ließ
sie ab von ihm und setzte sich, wie die anderen auch, auf
die Couch.

„Schubert, würden Sie uns bitte eine Liste erstellen mit
den Namen aller Beteiligten?", bat Frank vertraulich.
Sie fragte umgehend Marie um ein Stück Papier und
einen Stift. Gemeinsam erstellte sie mit ihr die Liste und
gab sie Kommissar Frank. Nachdem er sie studiert hatte,
wendete sich Frank an die Gruppe: „Ich wünsche Ihnen
allen einen guten Abend. Mein Name ist Frank, das hier
ist meine Kollegin Kommissarin Schubert. Wir müssen
Ihnen heute, auch wenn es schon zu so fortgeschrittener
Stunde ist, einige wichtige Fragen über den Unfall, der
sich heute Abend ereignet hat, stellen." Er wandte sich
an Rolf. „Ich würde vorschlagen, dass Sie uns ein
separiertes Zimmer zur Verfügung stellen, in dem wir
unsere Befragungen durchführen können."

„Selbstverständlich", bestätigte Rolf. „Sie können in
mein Arbeitszimmer gehen."

Rolf führte Frank und Schubert in das Arbeitszimmer,
was sich ebenfalls im Parterre der Villa befand.

„Sie können gleich hier bleiben, Herr von Breidenfall. Bitte schließen Sie die Tür und setzen Sie sich einen Moment zu uns."

Von Rolfs souveräner Art war jetzt nicht mehr viel zu spüren. Er war eingeschüchtert und wartete darauf, welche Fragen der Kommissar an ihn stellen würde.

„Herr von Breidenfall, ist Ihnen der Tote früher schon einmal begegnet? Im Vorfeld, als Sie die Verlobungsfeier planten?"

Rolf schüttelte den Kopf. „Nein, dieser Mann ist mir vollkommen unbekannt."

„Haben Sie ihn heute auf Ihrer Feier bemerkt?"

„Nein, ich habe auch schon darüber nachgedacht, aber er ist mir nicht aufgefallen. Es waren so viele Menschen da und ich habe mich den ganzen Abend über unterhalten."

„Sie haben es also nicht bemerkt, wie er in Ihr Haus gelangen konnte und mit wem er sich getroffen haben könnte. Denn mit einer Person muss er ja verabredet gewesen sein oder zumindest gesprochen haben? Das sehen Sie doch auch so?"

„Ja, das ist mir bewusst."

„Könnten Sie sich vorstellen, mit wem er verabredet gewesen sein könnte? Vielleicht mit Ihrer Frau?"

„Aber nein, wie kommen Sie darauf? Meine Frau war ganz gelöst heute Abend und unterhielt sich angeregt mit den Gästen. Außerdem verheimlicht sie mir nichts. Ich würde es bemerkt haben, wenn Sie mit ihm eine Verabredung gehabt hätte." Er überlegte. „Für meine Kinder lege ich meine Hand ins Feuer. Es waren keine Freunde von ihnen eingeladen gewesen. Die einzige Person, die mir einfällt, könnte das Mädchen Marie gewesen sein. Sie könnte ein Verhältnis mit ihm gehabt und es der Familie verheimlicht haben."

„Sie tippen auf das Mädchen?"

„Sonst fällt mir niemand ein, es tut mir leid."

„Dann danke ich Ihnen, Herr von Breidenfall. Seien Sie so gut und schicken Sie mir Ihre Verlobte herein."

„Sehr wohl, wie Sie es wünschen." Er verneigte sich höflich und verließ den Raum.

„Hast du alles notiert, Schubert?"

„Ja natürlich. Ich habe das Wichtigste aufgeschrieben", bestätigte Kommissarin Schubert.

„Sehr gut. Ich bin gespannt, was sie uns zu berichten hat."

Charlotte klopfte an und trat herein. Ihre Schminke war um die Augen herum verlaufen.

„Bitte setzen Sie sich einen Moment zu uns", Frank zeigte auf den leeren Stuhl ihm gegenüber. Sie setzte sich unsicher.

„Frau Driesig. Ausgerechnet heute an Ihrem Festtag ist dieser schreckliche, wie soll ich sagen, Unfall passiert. Sie werden verstehen, dass wir schnellstmöglich versuchen werden, den Tot dieses Mannes aufzuklären."

Charlotte nickte.

„Dafür brauchen wir aber Ihre Hilfe."

„Ja", sagte sie eingeschüchtert, „ich werde Ihnen Frage und Antwort stehen."

„Sehr schön." Er machte eine kurze Pause. „Wir vermuten, dass sich der Tote mit einer Person aus Ihrem Haushalt verabredet hatte. Haben Sie eventuell heute Abend jemanden beobachtet, der sich mit diesem Fremden unterhalten hat?"

Charlotte überlegte. „Ich habe diesen Mann noch nie zuvor gesehen. Mir persönlich ist dieser Fremde vollkommen unbekannt."

„Gut. Sie kannten Ihn nicht. War er Ihnen denn heute auf der Feier aufgefallen?

„Nein, bewusst habe ich ihn nicht wahrgenommen." Sie machte eine lange Pause und versuchte sich zu erinnern. Plötzlich hob sie ihre Augenbrauen und sah den Kommissar ganz erstaunt an. „Doch, ich habe ihn heute gesehen. Auf der Feier. Aber nur ganz kurz."

„Ja?"

„Ja, er kam durch die Eingangstür. Herr Fennberg schoss ein Bild mit ihm in der Halle." Sie stockte kurz. „Dann ging er in den oberen Stock und verschwand in einem der Zimmer."

„In welches Zimmer ist er verschwunden?"

„Ich vermute, es war das Ankleidezimmer. Das ist das erste gleich neben dem Treppenaufgang."

„Und haben Sie jemanden gesehen, der mit dem Mann gesprochen hatte?"

„Nein, gesehen habe ich nicht, wie jemand mit ihm sprach. Aber Marie, das Mädchen ist kurz danach aus dem Ankleidezimmer herausgekommen." Sie blickte den Kommissar an. „Ich hatte es ganz vergessen. Er sah so entstellt aus, als er dort tot auf der Erde lag. Es tut mir so leid. Ich hoffe, ich habe nichts Falsches gesagt?"

„Nein, Sie haben nur berichtet, was Sie gesehen haben."

„Das arme Mädchen, was werden Sie mit ihr tun?"

„Wir werden uns mit ihr unterhalten."

Charlotte nickte. Ihre Hände waren verkrampft und ihre Unsicherheit war ihr anzusehen.

„Haben Sie vielen Dank, Frau Driesig", sagte Frank väterlich. „Sie können jetzt zu den anderen zurückgehen. Wären Sie so freundlich und würden Sie uns die Tochter Ihres Verlobten schicken?"

„Ja, das mache ich." Charlotte erhob sich und verließ den Raum.

„Das Mädchen? Sollten wir nicht gleich mit ihr reden?", fragte Schubert, nachdem Charlotte den Raum verlassen hatte.

„Nein, noch nicht", Frank winkte ab, „wir vernehmen zuerst die anderen. Vielleicht bestätigt sich ja die Aussage von Frau Driesig und ein anderer hat die beiden ebenso gesehen."

In diesem Moment kam Lena von Breidenfall ins Zimmer. Sie war sehr gefasst und konzentriert.

„Bitte nehmen Sie doch Platz, Frau von Breidenfall. Ich nehme an, dass Ihnen der Fremde auch wie den anderen völlig unbekannt war. Sie haben ihn nie zuvor gesehen?"

„Das ist richtig", bestätigte Lena.

„Dann überlegen wir, was am heutigen Abend auf der Feier geschah. Der Fremde kam ins Haus. Da ist eine Tatsache. Vielleicht haben Sie ihn dabei beobachtet? Oder vielleicht ist er Ihnen aufgefallen?"

Lena versuchte sich zu erinnern. „Ja das stimmt", sagte sie langsam. „Er ist mir aufgefallen. Ich kannte ihn nicht und als er hereinkam, dachte ich, es sei ein Freund von Charlotte. Ich meine, Frau Driesig."

„Wie kommen Sie darauf, dass es ein Freund Ihrer Stiefmutter in spe gewesen sein könnte?"

„Es war auf jeden Fall kein Bekannter meines Vaters. Daran besteht kein Zweifel."

„Gut, Ihnen ist er gleich aufgefallen. Was ist dann geschehen?"

„Der Fotograf hat ein Bild von ihm gemacht."

„Und was geschah dann?"

„Dann habe ich ihn für einen Moment aus den Augen verloren. Mein Bruder Marcus wollte etwas von mir wegen der Getränke. Sie mussten neu aufgefüllt werden. Ich kümmerte mich um die Sache."

„Und dabei achteten Sie nicht mehr auf den Fremden. Ich verstehe. Wie lange dauerte dieses Intermezzo?"

Lena dachte angestrengt nach: „Vielleicht zehn Minuten?"

„Und dann sahen Sie ihn wieder?"

„Genau, ich sah, wie er die Treppe hinauf ging in eins der oberen Stockwerke."

Frank fragte ruhig: „Ging er ins Ankleidezimmer?"

Lena schüttelte den Kopf: „Das kann ich ihnen nicht sagen. Ich stand auf der Schwelle zum Wohnzimmer. Ich konnte nicht einsehen, in welches Zimmer oder in welches Stockwerk er lief."

„War das das letzte Mal, an dem Sie den Mann lebend gesehen hatten?"

„Ja, danach habe ich ihn nicht mehr gesehen. Ich vergaß ihn ganz und genoss das Fest. Bis wir den Unfall bemerkten."

„Vielen Dank, Frau von Breidenfall. Sie haben uns sehr geholfen."

Lena erhob sich und verließ das Arbeitszimmer. Frank lehnte sich zurück. „Wir haben eine Spur, Schubert. Die Aussagen decken sich fast. Fest steht, dass Fennberg ein Bild geschossen hat und der Fremde ins obere Stockwerk ging. Das haben zwei Personen gesehen."

„Ja, aber es gibt eine Diskrepanz", erklärte Kommissarin Schubert. „Frau Driesig behauptet, dass der Mann sogleich nach dem Foto im oberen Stockwerk verschwand. Lena von Breidenfall beschrieb, dass er erst nach etwa zehn Minuten die Treppe hochging."

„Das stimmt. Sehr gut erkannt, Schubert. Eine von beiden muss die Unwahrheit sagen."

„Wer ist noch auf der Liste?", wollte Schubert wissen.

„Nur der Sohn, diese blonde Frau und das Mädchen. Fahren wir mit dem Sohn fort. Schubert, holen Sie uns doch bitte den Sohn herein."

Marcus betrat mit Kommissarin Schubert den Raum. Er war ganz entspannt und setzte sich gemütlich auf den Stuhl.

„Herr von Breidenfall. Ist Ihnen der Fremde heute aufgefallen, wie er das Haus betrat?"

Marcus sagte, ohne lange nachzudenken: „Nein, ich habe ihn nicht gesehen."

„Zeugen erklärten auch, dass sie gesehen haben, wie er in eines der oberen Stockwerke gegangen ist. Haben Sie dies bemerkt?"

„Nein, ich habe ihn nicht gesehen, so, wie ich es Ihnen schon sagte. Ich kannte ihn nicht und ich habe ihn das erste Mal gesehen, als er tot neben unserem Haus lag. Armer Teufel. Ich kann mir keinen Reim darauf machen."

„Hätten Sie eine Idee, mit wem der Fremde sich verabredet haben könnte?"

„Nein, da kann ich Ihnen nicht weiterhelfen. Ich habe keine Idee."

Frank schaute Marcus lange an. Entweder er hatte wirklich nichts gesehen oder er lehnte es ab, mit der Polizei zusammenzuarbeiten. Er fühlte eine starke Abwehr. Oder war es Gleichgültigkeit? Für Frank machte eine weitere Befragung wenig Sinn.

„Vielen Dank, Herr von Breidenfall für Ihre Mithilfe", sagte er höflich, obwohl er nichts herausgefunden hatte.

Ein Lächeln glitt über Marcus Mund, als er sich erhob und den Raum verließ. Schubert kam dicht an Frank heran. Leise sagte sie: „Der weiß was, hundert prozentig, aber er will uns nichts verraten."

„Ja, den Eindruck habe ich auch. Vielleicht deckt er jemanden."

Als nächstes kam Veronika ins Arbeitszimmer. Sie machte einen sympathischen Eindruck auf die beiden Polizisten. Sie setzte sich ruhig und wartete, bis sie gefragt wurde.

„Frau Schönlein, sie sind die Cousine von Rolf von Breidenfall?"

„Ja, das ist richtig."

„Sie waren die einzige Verwandte, die so spät am Abend, als der Tote gefunden wurde, noch anwesend war. Alle anderen waren bereits gegangen."

„Ja, das stimmt. Ich habe ein gutes Verhältnis zu meinem Cousin Rolf von Breidenfall. Ich komme oft zu Besuch und fühle mich wie ein enges Familienmitglied."

„Sagen Sie, kannten Sie den Mann, der heute tödlich verunglückte, oder haben Sie ihn zuvor schon einmal gesehen?"

„Nein, weder noch. Ich weiß nicht, wer er ist."

„Und wenn Sie einen Tipp abgeben müssten. Was würden Sie sagen, mit wem könnte der Mann am heutigen Abend verabredet gewesen sein?"

Veronika überlegte. „Leider kann ich Ihnen darauf keine Antwort geben. Ich kann mir nicht vorstellen, dass er mit Charlotte oder Lena verabredet war. Mit Marcus war er das bestimmt nicht."

Frank setzte sich neben sie. „Kennen Sie das Mädchen Marie gut?"

„Was heißt gut. Wir begegnen uns mehrmals die Woche."

„Wissen Sie etwas über ihr Privatleben?"

„Hm, ich habe sie noch nie mit einem Mann zusammen gesehen. Aber wenn sie einen Freund hätte, dann wäre das bestimmt allen hier aufgefallen. Mittwochs hat sie ihren freien Tag. Da trifft sie sich ab und zu mit Freundinnen."

„Ich verstehe. Aber Sie würden sie als integer beschreiben und der Familie gegenüber loyal?"

„Ja, das würde ich", bestätigte Veronika bestimmt. „Marie arbeitet schon seit Jahren für meinen Cousin und sie war und ist ihm und seiner Familie immer eng verbunden gewesen."

„Vielen Dank, Frau Schönlein. Ich danke Ihnen für Ihre Mithilfe."

Als Veronika den Raum verlassen hatte, machte Frank einen nachdenklichen Eindruck. Es war eine Tatsache, dass der Tote in Maries Zimmer oder zumindest von ihrem Balkon abgestürzt war und es wurde auch gesehen, dass Marie indirekt mit dem Toten in Verbindung stand. Charlotte hatte Marie aus dem Ankleidezimmer kommen sehen, in das zuvor der Fremde hineingegangen war. Sie mussten sich also gekannt haben. Es sei denn, Charlottes Erinnerung stimmte nicht oder war nur vage und sie verlor den zeitlichen Überblick, da Lena beschrieb, dass mindestens zehn Minuten zwischen Foto und Hinaufgehen gelegen haben mussten. Alles hängt jetzt von diesem Gespräch ab, dachte sich Frank. „Also gut", er schaute zu Schubert, „dann verhören wir als letztes dieses Mädchen Marie."

Kommissarin Schubert führte Marie ins Arbeitszimmer. Diese war ganz eingeschüchtert. Ihre gebückte Haltung verriet, wie unsicher sie war. Nervös spielte sie mit ihren Händen.

„Frau Mindensen, wir haben einige wichtige Fragen an Sie. Bitte beantworten Sie uns diese wahrheitsgetreu."

Marie nickte leicht.

„Frau Mindensen, ist Ihnen der fremde Mann bekannt?"

Marie schüttelte energisch den Kopf. „Nein, ich kenne den Toten nicht. Ich habe ihn noch nie gesehen."

„Es gibt Zeugen, die Sie gesehen haben, wie Sie aus dem Ankleidezimmer gekommen sind." Frank beobachtete sie genau.

Ihre Augen weiteten sich und ihre Finger krampften sich zusammen.

„Ja, das stimmt, ich war im Ankleidezimmer."

„Haben Sie den Fremden im Ankleidezimmer getroffen?"

„Nein, bestimmt nicht!", sie atmete nun schneller. Hastig fuhr sie fort: „Ich, ich war nur einmal im Ankleidezimmer. Ich brauchte eine Pause. Und dabei hat mich der Fotograf, Herr Fennberg, gesehen. Bitte, fragen Sie ihn."

„Das werden wir tun. Seien Sie beruhigt." Frank kam ganz dicht an sie heran und fragte mit leiser Stimme: „Sie haben den Toten also nicht im Ankleidezimmer getroffen?"

„Nein"

„Und Sie haben sich auch nicht mit ihm in Ihrem Zimmer getroffen?"

„Nein"

„Und wie erklären Sie sich, dass er von Ihrem Balkon gestürzt ist?"

Marie sah Herrn Frank entsetzt in die Augen. Sie wusste nicht, was sie dazu sagen sollte. Sie hatte doch nichts Falsches gemacht und der Kommissar versuchte, sie in die Enge zu treiben.

„Ich, ich kann es Ihnen nicht erklären. Ich weiß nur so viel: Ich habe damit nichts zu tun!"

Frank lehnte sich wieder zurück. Von neuem fragte er: „Ist Ihnen heute Abend jemand aufgefallen, der während der Feier mit dem Fremden gesprochen hat?"

Marie beruhigte sich und dachte angestrengt nach. „Nein, ich habe niemanden gesehen. Bitte glauben Sie mir." Wieder spielte sie nervös mit ihren Händen.

Frank sah sie mitleidig an. Er sah, wie getroffen und angespannt sie war. „Gut. Belassen wir es dabei", sagte er schließlich. „Ich danke Ihnen. Sie können zu den anderen zurück ins Wohnzimmer gehen."

Frank und Schubert blieben alleine zurück.

„Bitte holen Sie Herrn Fennberg, wir wollen mit ihm gemeinsam beraten." Schubert ging ins Wohnzimmer und bat Herrn Fennberg zu ihnen ins Arbeitszimmer.

„Herr Fennberg, wir haben jetzt alle befragt, sind aber keinen Schritt weiter gekommen." Er klopfte mit dem Zeigefinger auf den Schreibtisch. „Frau Driesig und Frau Lena von Breidenfall haben gesehen, wie Sie das Foto vom Fremden geschossen hatten."

„Ja, das stimmt. Ich habe ihn an der Tür abgepasst und habe ein Foto vom ihm gemacht."

„Und haben Sie ihn danach noch einmal gesehen?"

„Nein, leider nein. Ich war zu sehr mit Fotografieren beschäftigt. Es kamen ja immer neue Leute hinzu."

„Die beiden Frauen beschrieben, dass der Fremde in eines der oberen Stockwerke gegangen sei. Allerdings sind sie sich in der Zeitangabe nicht sicher. Die junge Frau von Breidenfall meinte, dass er später, Frau Driesig meinte, dass er gleich nach oben gegangen sei."

„Ich verstehe. Aber auf einer Feier mit so vielen andern Gästen, kann man schon das Gefühl für die Zeit verlieren."

„Ich bin ganz Ihrer Meinung. Frau Driesig berichtete, dass er das Mädchen Marie im Ankleidezimmer getroffen haben könnte. Sie bestätigte, dass sie dort war, meinte aber, dass sie nicht den Fremden, sondern Sie, Herr Fennberg, getroffen hatte."

„Das ist richtig. Ich habe sie getroffen. Das war aber viel früher."

„Was halten Sie überhaupt von dem Mädchen? Könnte sie eine Liaison mit dem Fremden gehabt haben?"

Martin lächelte und meinte: „Ich denke eher nicht. Sehen Sie, ich habe da eine ganz eigene Theorie." Er zuckte kurz mit dem Kopf bevor er fortfuhr: „Als ich das Mädchen heute im Ankleidezimmer traf, da weinte sie.

Offenbar bedrückte sie etwas. Sie war auch den ganzen Tag lang traurig und still. Später bei der Eröffnungsrede, die Charlotte hielt, beobachtete ich sie. Sie blickte unaufhörlich zu Rolf von Breidenfall. Sie ließ ihn förmlich nicht aus den Augen. Sie himmelte ihn an. Sehen Sie, ich stelle es mir so vor: Marie war und ist in Rolf von Breidenfall verliebt. Sie wünschte sich nichts so sehr, als mit ihm eine Verbindung einzugehen. Aber dann traf er Charlotte Driesig und er verliebte sich in sie. Spätestens heute, an diesem Festtag, wurde es ihr bewusst, dass sie ihn niemals für sich haben könnte. Deshalb war sie so schlecht gelaunt und deswegen weinte sie auch im Ankleidezimmer."

„Aha, diese Theorie klingt sehr interessant", Frank nickte. „So könnte es sein. Aber dann muss sich Frau Driesig getäuscht haben. Sie kann nicht das Mädchen aus dem Ankleidezimmer kommen gesehen haben."

„Wahrscheinlich hat sie das durcheinander gebracht", mutmaßte Martin. „Das war ein aufregender Tag für sie und durch den ganzen Trubel hat sie da etwas verwechselt. Vielleicht hatte sie Marie aus dem Ankleidezimmer kommen sehen, aber eben sehr viel früher."

„Das würde bedeuten, dass man eher Lena von Breidenfall Glauben schenken sollte und der Fremde tatsächlich erst später die Treppen hinauf gegangen war."

„Ja, ich würde auch eher ihr glauben. Alleine durch die Tatsache, dass Frau Driesig etwas aufgedreht und hysterisch war." Mit einem leisen „Pah" bestätigte er seine Meinung.

„Aber mit wem hat der Fremde dann gesprochen? Mit irgendeiner Person muss er doch in Kontakt getreten sein?"

Die drei sahen sich fragend an. Frank entschied, dass es genug sei für diesen Abend und dass sie nun die Runde aufheben wollten. Morgen wollten sie wieder darüber beratschlagen. Höflich verabschiedeten sie sich von der gesamten Gruppe und verließen das Haus.

Martin verabschiedete sich ebenso. Im Hinausgehen kam ihm Veronika nachgelaufen. Sie fasste ihn am Arm: „Martin, sehen wir uns morgen?"

Er blieb stehen und wandte sich ihr zu: „Sehr gerne, Veronika."

„Ich habe am Nachmittag einen Termin in der Stadt. Lass uns im Café Morgenschau einen Kaffee trinken, ja?"

„Gerne. Um 15 Uhr?"

„Ja, das passt mir sehr gut." Sie gab ihm einen verstohlenen Kuss auf den Mund. Er lächelte sie an, nahm seine Ausrüstung und verließ das Haus.

Veronika blieb in der Türe stehen. Nachdenklich blickte sie ihm nach.

8

Pünktlich um 15 Uhr trafen sich Martin und Veronika vor dem Café Morgenschau in der Waldstraße. Sie gingen hinein und nahmen an einem der hinteren Tische Platz. Es war an diesem Nachmittag nicht so viel los, sodass sie sich ganz ungestört unterhalten konnten. Veronika liebte das Café, obgleich sie wusste, dass es eine Café-Kette und in vielen deutschen Städten nahezu identisch vertreten war. Vielleicht gerade deswegen hatte es für sie den Flair der Großstadt. Die schicke Einrichtung mit den großen Kronleuchtern, den lederbezogenen Sitzen und den vielen Spiegeln gefielen ihr sehr. Sie bestellten zwei Milchkaffee und zwei Stück russischen Zupfkuchen. Veronika nahm Martins Hand. „Schön, dass es heute geklappt hat mit einem Treffen."

„Ich finde es auch sehr schön", lächelte Martin zurück. Er zuckte fast unmerklich mit dem Kopf.

Sie blickte sich um: „Ich komme oft hier her. Mir gefällt die Stimmung und es ist immer was los. Manchmal lese ich auch einfach nur die Zeitung hier oder beobachte die Menschen."

„Ja, du hast Recht", bestätigte Martin. „Ich persönlich mag aber lieber die etwas kleineren Cafés. Ich finde, hier ist alles so, wie soll ich sagen, so professionell. Warst du schon mal am Gutenbergplatz? Dort gibt es auch schöne kleine Cafés und im Sommer kann man wunderbar auf dem Platz sitzen und ein Glas Wein trinken."

„Dort ist auch mehrmals die Woche Markt, nicht?"

„Ja, das stimmt, ab und an fahre ich hin und decke mich mit Gemüse und Käse ein."

„Das klingt gut." Sie beugte sich etwas vor und sagte leise: „Vielleicht kennen wir uns ja im Sommer immer noch und vielleicht magst du mit mir dann gemeinsam dort hingehen?"

Martin beugte sich auch nach vorne und gab Veronika einen kurzen, aber innigen Kuss. „Das hoffe ich."

Die freundliche Bedienung brachte die beiden Milchkaffees und die russischen Zupfkuchen.

„Ich liebe Kuchen", gestand Veronika. „Ich backe selbst für mein Leben gerne."

„Ja?", fragte Martin bewundernd.

„Ja. Backen hat etwas sehr Sinnliches, wie ich finde. Häufig backe ich und beschenke dann Freunde damit. An den Wochenenden bin ich manchmal zum Frühstück bei den von Breidenfalls eingeladen. Da bringe ich oft einen Kuchen mit. Lena und Marcus machen sich nicht so viel aus Kuchen, aber Charlotte liebt sie. Sie ist immer ganz glücklich, wenn sie mich kommen sieht und weiß, dass ich wieder einen gebacken habe." Sie lachte.

„Und Rolf liebt deinen Kuchen auch?"

„Ja, natürlich, aber meistens ist er beim Frühstück nicht anwesend, weil er arbeiten muss." Sie schüttelte den Kopf. „Es ist unvorstellbar, wie viel er arbeitet, auch am Wochenende."

„Das ist eine große Firma, nicht?" Jetzt blickte er leicht über seine linke Schulter und stieß einen hellen Laut aus.

„Ja, und er trägt so viel Verantwortung." Sie kostete den Kuchen. „Mich würde der Druck wahnsinnig machen. Aber er bewältigt das sehr gut und die Firma läuft prima. Seitdem er sie von seinem Vater übernommen hat, ist der Bruttoumsatz um einiges gestiegen. Er sagt, dass er richtige Investitionen gemacht hat und gerade dabei ist, den osteuropäischen Raum zu erschließen. Dort gäbe es viele Möglichkeiten zu expandieren."

„Das klingt sehr interessant."

„Ja, das ist es auch."

Martin winkte ab: „Wobei ich mich in solchen Dingen nicht auskenne."

„Du hast Recht, lass uns lieber von etwas anderem reden." Ihr Gesicht bekam einen ungewohnt ernsten Ausdruck. „Sag Martin, ich habe dich das gestern Abend schon einmal gefragt. Was hast du mit der Polizei zu schaffen?"

Martin antwortete nicht gleich. Angespannt flackerten seine Augen, denn er wusste nicht, ob es gut sei, Veronika von der Zusammenarbeit zu berichten. Ausweichend antwortete er: „Sie haben mich um Rat gefragt. Weiter nichts."

„Sie haben dich um Rat gefragt?"

„Ja, ich bin ein Zeuge, so wie ihr auch und sie haben mich nach meiner Meinung gefragt." Er aß ein Stückchen Kuchen. „Hm, der Kuchen schmeckt sehr lecker", bemerkte er ablenkend.

Veronika blickte ihm fest in die Augen. Sie neigte den Kopf etwas zur Seite und meinte: „Magst du mir nicht die Wahrheit erzählen?"

Martin räusperte sich. Er konnte ihr nicht widerstehen. Unwillkürlich zuckte sein Kopf und er stieß ein lautes „Pah" aus. Dann begann er langsam er zu erzählen, was sich letztes Jahr in Dobel ereignet hatte. Dass er damals mitgeholfen hatte, einen Mordfall aufzuklären. Veronika hörte gespannt zu. Stolz berichtete er, dass er von der Polizei in deren Bericht lobend erwähnt wurde.

„Und deswegen haben sie dich gestern in ihre Ermittlungen mit einbezogen, weil du ihnen bereits bekannt warst?"

„Richtig. Und...", er brach ab und schaute sich vorsichtig um. Mit gesenkter Stimme fuhr er fort: „Und weil letzte Woche ein weiterer Mord geschehen ist, bei dem ich Zeuge war."

Veronika konnte es nicht fassen. „Ein weiterer Mord? Soll das heißen, dass das gestern kein Unfall war, sondern Mord?"

„Das wissen wir nicht. Das gilt es herauszufinden."

Martin erzählte Veronika in allen Einzelheiten, was sich in der letzten Woche ereignet hatte. Und dass sich er nur deswegen bei der Familie als Fotograf vorgestellt hatte, weil er hier einer Spur nachgehen wollte.

„Aber das ist doch ganz unmöglich", befand Veronika, nachdem sie alles gehört hatte. „Es soll jemand aus der

Familie für den Mord bei dir im Fotostudio verantwortlich sein? Das ist unfassbar. Nein, da müsst ihr euch irren."

„Ich sagte ja, das ist nur eine Spur."

Es entstand eine Pause. Sie schauten in Gedanken versunken aneinander vorbei. Martin durchbrach das Schweigen: „Erzähl mir etwas über die Familie, bitte."

„Was möchtest du denn wissen?"

„Erzähl mir von Rolf von Breidenfall. Wie ist er als Mensch?"

„Rolf? Nun, Rolf ist ein sehr liebenswerter Mann. Er ist großzügig, gerecht und ehrlich. Seitdem er die Firma seines Vaters übernommen hat, blüht er richtig auf. Trotz seines Erfolges ist er immer er selbst geblieben und hat nichts von seiner Bodenständigkeit verloren. Es war ein schwerer Schicksalsschlag, als damals Dörthe, seine Frau, starb. Er liebte sie über alles. Sie war seine große Jugendliebe. Dann bekam sie Lungenkrebs. Sie hofften, aber es sollte nicht sein. Dörthe starb nach einem langen Kampf." Veronika machte eine Pause. „Es ist schrecklich, wenn man seinen Partner verliert und beerdigen muss. Ich hoffe, dass ich niemals in eine vergleichbare Situation kommen werde. Wir alle dachten, dass er das nicht überstehen würde."

„Das muss sehr schlimm für ihn gewesen sein", sagte Martin mitfühlend.

„Ja, das war es. Und für seine Kinder ebenso. Lena hat sich bis heute nicht von diesem Schicksalsschlag erholt. Sie liebte ihre Mutter über alles. Auch Marcus ist ganz verändert seit damals. Er ist in sich gekehrt und man hat das Gefühl, dass er nichts mehr in seine Zukunft investiert."

„Was machen denn die beiden Kinder beruflich?"

„Lena hatte angefangen, Medizin in Hamburg zu studieren. Aber sie brach das Studium ab und zog wieder zu Hause ein. Sie unternahm verschiedene Anläufe, eine Ausbildung zu absolvieren, weil sie erkannte, dass das Studieren nichts für sie war. Aber sie scheiterte und hat bis heute keine abgeschlossene Berufsausbildung. Sie ist angewiesen auf Rolf, der sie unterstützt. Rolf macht alles für seine Kinder, der Gute."

„Und Marcus?"

„Marcus ist ein ganz anderer Typ. Einfach gestrickt, aber mit dem Herzen auf dem rechten Flecken. Er lernte Bankkaufmann hier in Karlsruhe. Er arbeitete auch, aber nach dem Tod der Mutter konnte er den Anforderungen nicht mehr genüge leisten. Er verlor den Posten und ist seitdem arbeitslos."

„Das klingt nicht gut."

„Ja, beide Kinder sind auf Rolf angewiesen. Was in der Zukunft sein wird, weiß man nicht. Sie werden in jedem Fall ein großes Erbe erwarten können. Jedoch wird keiner der beiden die Firma weiterführen. Die Breidenfall GmbH wird dann vermutlich verkauft werden müssen."

„Das muss sehr schwer sein für Rolf, zu wissen, dass die Firma nicht in Familienbesitz bleiben wird?"

„Ja, das ist es auch. Und mit Charlotte wird er keine Kinder mehr bekommen können, die potentielle Nachfolger werden könnten."

Martin nickte bestätigend. Beide hatten ihren Kuchen bereits aufgegessen und die Milchkaffees leergetrunken. Er bat Veronika zahlen zu dürfen und sie beschlossen, in der Fußgängerzone noch ein bisschen auf und ab zu laufen und das Gespräch dort weiter zu führen. Sie gingen in Richtung Marktplatz.

„Wie lange dauerte es denn, bis Rolf Charlotte kennen lernte?"

„Hm, dass mögen zwei oder drei Jahre gewesen sein, in denen er trauerte und die eine oder andere Bekanntschaft machte. Ich kann mich noch erinnern an eine Frau Manié aus Heidelberg." Sie lachte. „Sie war ganz vernarrt in

Rolf und wollte ihn unbedingt heiraten. Eine furchtbare Frau. Aber er war damals noch nicht so weit. Und dann, schließlich, lernte er Charlotte kennen. Es funkte bei den beiden auf den ersten Blick und diese Frau Manié war sofort abgeschrieben. Zum Glück, sage ich nur. Es musste sie stark getroffen haben, nehme ich an."

„Charlotte ist eine schöne Frau", sagte Martin anerkennend.

„Ja, das ist sie und eine ganz tolle obendrein. Ich mag sie sehr."

„Ja, sie macht auch auf mich einen sympathischen Eindruck", bestätigte Martin. Jetzt schlenderten sie am Karstadt vorbei und schauten sich die Schaufenster an.

„Kennst du die Familie von Charlotte?"

„Nein, ich habe nie etwas über sie gehört. Ich weiß nur, dass sie aus einfachen Verhältnissen kommt. Und dass sie hier in Karlsruhe viele Jahre lang als Altenpflegerin gearbeitet hat. Ah, ja, vor ihrer Ausbildung war sie einige Zeit im Ausland."

„Ja?"

„Ja, das finde ich toll. Ich weiß nicht mehr genau wo, aber sie kann fließend Englisch sprechen. Ich bewundere das sehr."

„Das ist interessant. Ich wollte auch immer mal eine Zeit lang in England leben. Aber es hat nie geklappt. Wahrscheinlich wird es ein unerfüllter Traum bleiben."

„Sag das nicht, man weiß nie, was passiert."

Mit Leichtigkeit stieg Veronika auf eine kreisförmig geschwungene, metallene Bank.

„Was machst du da?", fragte Martin und schaute bewundernd zu ihr empor.

„Ich balanciere. Ich habe einfach Lust dazu", juchzte Veronika. „Halte mich."

Martin nahm Veronikas Hand. Diese lief die gesamte Sitzfläche der geschwungenen Bank entlang im Kreis. Plötzlich zuckte Martins Kopf und seine Hand verkrampfte sich. Er gab Veronika einen kräftigen Stoß, sodass sie fast ihr Gleichgewicht verlor. Sie umklammerte seine Hand und konnte sich nur mit Mühe aufrecht halten.

„Was machst du da Martin, bist du verrückt?", schrie Veronika.

Wieder gab er ihr einen Stoß und sie klammerte sich fester an ihn, dass sie nicht hinunter fiel. Schnell stieg sie von der Bank herunter.

„Sag mal Martin, was ist in dich gefahren? Wolltest du mich hinunterstoßen?"

„Nein, verzeih, ich habe einen Versuch gemacht."

„Einen Versuch?", wiederholte Veronika fassungslos.

„Ja." Er blickte ihr fest in die Augen. „Was wäre passiert, wenn du dich nicht an mir festgehalten hättest?", fragte er sogleich.

„Na, ich wäre von der Bank gestürzt."

„Richtig, und deshalb hast du dich an mir festgehalten. Das ist interessant."

„Was redest du denn?"

„Ich weiß jetzt, wie es kam, dass der fremde Mann den Balkon hinuntergestürzt ist. Er wurde gestoßen. Und ich weiß auch wie."

„Aber wenn er gestoßen wurde, dann hätte er sich doch an die Person geklammert, die ihm den Stoß gegeben hat. Dann wäre die Person doch gleich mit hinuntergeflogen oder nicht?"

„Richtig, und ich weiß genau, warum sie es nicht tat."

Martin lächelte in sich hinein.

9

Am nächsten Vormittag saß Martin mit Kommissar Frank und Kommissarin Schubert in deren Büro. Sie wollten nun zusammentragen, was sie bisher in Erfahrung gebracht hatten und gemeinsam weitere Schritte planen. Nachdem Schubert Martin mit Kaffee versorgt hatte, begann Kommissar Frank: „Wir haben unsere Spur weiterverfolgt und versucht, die letzten Stunden von Daniel Hellter zu rekonstruieren. Leider sind die Ergebnisse bis jetzt nicht zufriedenstellend. Es gibt eine Lücke von etwa drei Stunden, die wir nicht schließen können." Frank nahm eine Aktenmappe in die Hand und suchte ein bestimmtes Papier. „Also, wir wissen, dass sich Herr Hellter am besagten Mordtag frei nahm. Das haben wir in der Schreinerei erfahren, in der er arbeitete. Am Vormittag hat er sich mit seiner Mutter getroffen und mit ihr gefrühstückt. Er verließ sie nach Aussagen der Mutter gegen 11 Uhr."

„Ab dann wissen wir nicht mehr, was er tat. Bis zu dem Zeitpunkt, als er bei Ihnen im Studio auftauchte", vervollständigte Kommissarin Schubert.

„Ich verstehe. Zwischen 11 Und 14.30 Uhr musste er vergiftet worden sein", überlegte Martin.

„Genau. Denn seine Mutter fällt als Täterin vorerst aus. Sie hat kein erkennbares Motiv und ist seit dem Tod ihres Sohnes in psychischer Behandlung."

„Natürlich werden wir auch die Mutter weiterhin überwachen", warf Schubert ein. „Wir verfolgen aber maßgeblich zunächst die anderen Spuren."

„Die Rinde der Eibe", begann Frank, „wurde in einen Kuchen gemischt. Wir haben in mehreren Cafés im Umkreis Ihres Fotostudios nachgeforscht, aber niemand hat den Toten dort bewusst wahrgenommen."

„Vielleicht haben sie sich nicht in einem Café getroffen?", fragte Martin.

„Sie meinen, sie trafen sich an einem öffentlichen Platz oder gar zu Hause?"

„Wenn ich mich mit jemanden treffen und nicht dabei auffallen wollte", überlegte Martin, „dann würde ich mich entweder an einem Platz treffen, wo niemand anderes hinkommt oder an einem Platz treffen, wo sehr viele Menschen sind. In einer großen Masse fällt der Einzelne nicht weiter auf."

„Das würde bedeuten, dass es überall hätte sein können?"

„Richtig. Zum Beispiel in der Fußgängerzone auf einer Bank."

Frank sah Schubert an und atmete tief ein. „Sie haben Recht, Herr Fennberg. So könnte es gewesen sein."

„Wir haben auch seine Wohnung durchsucht, haben aber keine näheren Hinweise gefunden. Kein Schriftverkehr, keine Papiere, die auf etwas Auffälliges hindeuten könnten." Frank schüttelte den Kopf.

„Vielleicht ist der Austausch telefonisch geschehen?", wandte Martin ein.

„Ja, vielleicht." Frank schloss die Aktenmappe und ging im Büro auf und ab. „Das ist alles, was wir bisher über Herrn Hellter herausgefunden haben. Aber, was sehr interessant ist", dabei blickte er aus dem Fenster, „wir haben einiges über den zweiten Toten, Herrn Sterter, herausgebracht."

Martin hörte aufmerksam zu, was Kommissar Frank nun zu sagen hatte. Er hatte ebenso mit Veronika gemeinsam etwas herausgefunden. Dies wollte er aber vorerst für sich behalten.

„Wir haben seine Eltern gesprochen. Sie sind natürlich ganz am Boden zerstört und in tiefer Trauer. Sein Lebenslauf sagt nicht viel aus. Schule, Ausbildung und Tätigkeit in einer Lackiererei. Aber", damit drehte er sich Martin zu, „er hatte eine Freundin."

„Eine gewisse Melanie Wollherr, aus Durlach-Aue", warf Schubert ein.

„Vielleicht weiß sie etwas über den Besuch bei der Verlobungsfeier. Vielleicht hat er ihr etwas Aufschlussreiches erzählt."

„Wir haben einen Termin ausgemacht und sie vorgeladen. Heute um 14 Uhr wird sie hierher kommen", erklärte Schubert.

„Und wenn sie wollen", lud Frank Martin ein, „dann können Sie gerne bei dem Gespräch dabei sein."

„Ja, sehr gerne. Ich werde hier bleiben", bestätigte Martin.

10

Nachdem die beiden Kommissare und Martin gemeinsam zu Mittag gegessen hatten, saßen die drei im Büro und warteten auf Frau Wollherr. Sehr viel versprach sich Kommissar Frank von dem Gespräch, denn sie war die einzige Person, so dachte er, mit der André Sterter über private Dinge gesprochen haben könnte. Vielleicht wusste sie vom Besuch bei der Verlobungsfeier. Vielleicht kannte sie auch den Beweggrund, wieso Herr Sterter dort auftauchte.

Eventuell brachte das Gespräch Licht in die bis jetzt noch undurchsichtige Angelegenheit. Er saß hinter seinem Schreibtisch und studierte nochmals die Akte von André Sterter. Kommissarin Schubert und Martin unterhielten sich angeregt über Agatha Christies literarisches Werk, das Martin sehr bewunderte und über deren Mordmethoden und sowohl genialen als auch kniffligen Einfälle.

Leise klopfte es. Frank öffnete die Tür und bat die Frau, die draußen stand, herein zu kommen. Diese war klein und etwas überproportioniert, hatte braune, lange Haare und große runde Rehaugen. Ihre Kleidung war weit geschnitten und in dunklen Brauntönen gehalten. Schüchtern begrüßte sie die Kommissare: „Entschuldigen Sie bitte. Ich weiß nicht, ob ich hier richtig bin. Ich bin mit einem Kommissar Frank verabredet?"

„Ich bin Kommissar Frank. Bitte nehmen Sie doch Platz."

Langsam setzte sich die Frau und blickte unsicher zu Kommissarin Schubert und Martin hinüber.

„Darf ich Ihnen vorstellen? Das ist Kommissarin Schubert und das hier ist ein Undercover-Mitarbeiter unserer Abteilung, Herr Fennberg."

Über Martins Gesicht glitt ein stolzes Lächeln. So hatte ihn Kommissar Frank noch nie genannt. Freudig fiepte er kurz.

„Sie sind Frau Melanie Wollher?" Frau Wollherr nickte. „Wohnhaft in Durlach Aue, geboren am 14.6.1979 in Karlsruhe?"

„Ja, das stimmt. Soll ich Ihnen meine Papiere vorlegen?"

„Nein, das ist nicht nötig. Wir wollen uns vorerst nur unterhalten und Kommissarin Schubert wird das Wichtigste mitschreiben. Eventuell werden wir später ein Protokoll Ihrer Aussage anfertigen, das Sie unterschreiben müssen."

„Sehr wohl."

„Nun, Frau Wollherr", Frank sprach nun mit einer mitfühlenden Stimme, „zu allererst möchte ich Ihnen mein herzliches Beileid aussprechen zum Tod Ihres Partners. Ich bin Ihnen sehr dankbar, dass Sie heute trotzdem zu uns gekommen sind."

„Vielen Dank", hauchte Frau Wollherr, „Ich will alles dazu beitragen, herauszufinden, wieso mein Freund sterben musste."

„Wahrscheinlich war es ein tragischer Unfall."

Sie blickte ihn ungläubig an. „Meinen Sie?"

Frank stutzte: „Was denken Sie?"

„Ich denke, dass es kein Unfall war. Das kann nicht sein. André war ein sehr vorsichtiger Mensch, der gut auf sich aufpassen konnte. Ihm wäre so etwas nicht passiert. Er wäre nicht aus Versehen von einem Balkon gestürzt."

Er zögerte, dann sagte er: „Vielleicht wurde er gestoßen."

Frau Wollherr schluckte und bestätigte den Gedanken von Kommissar Frank.

„Frau Wollherr", begann Frank, „wussten Sie, dass Herr Sterter an diesem Abend zu dieser Verlobungsfeier in die Schubertstraße gehen wollte?

„Nein, das wusste ich nicht. Ich war vollkommen überrascht, als die Polizei anrief und meldete, dass man ihn dort aufgefunden hatte."

„Hatten Sie den Namen Rolf von Breidenfall vorher schon einmal gehört?"

Frau Wollherr schüttelte den Kopf.

„Oder den Namen Charlotte Driesig?"

Wieder schüttelte sie den Kopf. „Nein, ich habe diese Namen noch nie vorher gehört. Wie gesagt, ich war geschockt, weil ich mir keinen Reim darauf machen konnte. Es ist alles so unfassbar!" Sie bekam gerötete Augen.

Frank schaute Kommissarin Schubert hilfesuchend an. Offenbar war diese Frau Wollherr vollkommen unwissend.

„Sagt Ihnen der Name Daniel Hellter etwas?", warf Schubert nun ein.

Frau Wollherr schaute sie verblüfft an. „Aber natürlich. André und Daniel waren miteinander befreundet. Sie spielten zusammen in der gleichen Tennismannschaft."

Schubert und Frank sahen sich an.

„Sie waren befreundet?", wiederholte Frank.

„Ja, schon seit einigen Jahren trafen sie sich regelmäßig. Warten Sie. André ist vor etwa fünf Jahren dem Tennisverein beigetreten. Und Daniel war damals schon Mitglied. Also sind es jetzt ungefähr fünf Jahre, die sie sich kennen."

„Und wissen Sie von dem tragischen Umstand, dass Daniel Hellter ebenso mysteriös ums Leben kam?"

„Ja", flüsterte Frau Wollherr, „das ist mir bekannt. Das ist für André und mich ein großer Schock gewesen. Ein Freund aus der Tennismannschaft hatte uns angerufen, der es wiederum von Daniels Mutter selbst erfahren hatte. Das ist eine grausame Zeit. Wieso passiert so etwas?"

Frank schaute einen Moment in Gedanken versunken vor sich hin. Martin mischte sich jetzt mit ein: „Frau Wollherr. Gab es eine Veränderung in den letzten, sagen wir, zwei bis drei Wochen?"

„Eine Veränderung? Wie meinen Sie das?"

„Eine Veränderung im Verhalten Ihres Partners. Verhielt er sich anders als normal oder sagte er andere Dinge?"

Frau Wollherr überlegte angestrengt. Sie begann zögerlich: „Sie meinen, ob er etwas Ungewöhnliches gesagt oder etwas Komisches getan hatte?"

Martin bestätigte sie.

„Naja, wenn Sie es so sagen. Dann tat er wirklich etwas Ungewöhnliches. Es war an einem Samstagabend, das muss nun drei Wochen her sein, da kam er nicht nach Hause. So etwas hatte er vorher nicht gemacht. Er hätte zumindest angerufen, wenn er etwas außer Plan vorgehabt hätte. Ich machte mir solche Sorgen, das können Sie sich ja vorstellen. Um sieben Uhr morgens kam er dann betrunken nach Hause. Er lallte und stank entsetzlich nach Alkohol. Mir war das ganz unangenehm. Als er dann am nächsten Tag den Rausch ausgeschlafen hatte, war er sehr gut gelaunt. Er sagte: Ich habe eine fantastische Idee. Du wolltest doch immer mal nach Ägypten verreisen. Vielleicht wird das bald Wirklichkeit."

„Er sprach von einer Urlaubsreise, die Sie schon lange geplant hatten?", forschte Martin.

„Ja, aber wir hatten nie genug Geld und konnten uns so eine Reise nicht leisten."

„Das klingt sehr interessant", meinte er. „Kam er denn dann unerwartet zu Geld?"

„Nein, natürlich nicht. Wer weiß, was für Gehirngespinste er gehabt hatte in dieser Nacht."

„Was geschah dann weiter?"

„Wir hörten, dass Daniel gestorben war. André verstummte an diesem Tag fast gänzlich. Er sprach mit niemandem. In ihm brodelte etwas. Er dachte über etwas nach und wollte nicht gestört werden. Mir hat er nichts verraten. Die Woche verging dann ganz normal. Er sagte nichts und tat nichts. Dann plötzlich, am Tag der Verlobungsfeier, kam er mit einer sündhaft teuren Goldkette und überraschte mich."

„Er schenkte Ihnen eine Goldkette?" wiederholte Frank.

„Ja, er sagte: `Du bist mein ein und alles. Für dich würde ich alles tun.´ Und dann verließ er mich und kam nie mehr wieder zurück." Frau Wollherr fing an zu weinen.

Frank schaute betreten nach unten. Sie hatten dank Frau Wollherr jetzt zweifellos etwas herausbekommen. Herr Sterter und Herr Hellter kannten sich und beide hatten offenbar einen Plan geschmiedet, der schief ging.

„Vielen Dank, Frau Wollherr, Sie haben uns sehr geholfen. Bitte ruhen Sie sich jetzt aus. Falls wir noch weitere Fragen haben sollten, dann würden wir uns wieder an Sie wenden."

Kommissarin Schubert begleitete Frau Wollherr nach draußen.

Kommissar Frank und Martin blieben alleine zurück.

„Wir haben zwei Männer, die miteinander befreundet waren. Und beide wurden ermordet", sagte Frank langsam vor sich hin.

Martin überlegte: „Und sie hatten einen Plan, der irgendetwas mit den von Breidenfalls zu tun hatte."

„Aber was?"

„Das müssen wir herausfinden."

Frank erhob sich. „Wir müssen noch einmal zu den Breidenfalls gehen und die Familie befragen.

Irgendetwas muss ihnen doch aufgefallen sein. Vielleicht erinnert sich jemand in der Zwischenzeit an ein Detail. Oder vielleicht sagt ihnen einer der beiden Namen etwas."

11

Das Haus der von Breidenfalls war bereits wieder abgeschmückt. Nichts erinnerte mehr an die Verlobungsfeierlichkeiten. An der Stirnseite des Hauses, dort wo der Balkon eingebrochen war, war der Garten abgezäunt und die Stelle gesichert worden. Der Alltag schien wieder Einzug gehalten zu haben. Frank klingelte und wenige Momente später öffnete Marie die schwere Türe. Als sie die Kommissare und Martin sah, erschrak sie. Frank kam nicht umhin, dies zu bemerken. Nach einer freundlichen Begrüßung führte sie die drei Männer ins Wohnzimmer. Dort saß Rolf von Breidenfall in einem Sessel und las ein Buch. Die übrigen Bewohner des Hauses waren in den anderen Zimmern verstreut. Es war sonderbar still im Haus und die Atmosphäre war gedrückt, so hatte Frank den Eindruck. Als Rolf die Polizisten sah, erhob er sich und kam ihnen entgegen.

„Ich begrüße Sie, Herr Kommissar, womit kann ich dienen?"

„Herr von Breidenfall, wir wollten noch einmal mit Ihnen und Ihrer Familie über den Mann sprechen, der bei Ihren Feierlichkeiten ums Leben gekommen ist."

„Selbstverständlich. Soll ich die andern holen lassen?"

„Das wäre sehr freundlich von Ihnen."

„Marie", rief Rolf, „Wärst du so nett und würdest Charlotte und den Kindern sagen, dass sie für einen Moment hierher kommen sollen? Die Polizei hat noch ein paar Fragen an uns."

„Sehr wohl." Das Mädchen verschwand.

„Bitte nehmen Sie doch Platz. Sagen Sie, was hat Herr Fennberg mit den Ermittlungen zu tun, wenn ich das fragen darf?", wollte Rolf wissen. „Er ist doch unser Fotograf oder täusche ich mich da etwa?"

„Nein, Sie haben vollkommen Recht. Herr Fennberg ist Fotograf. Jedoch war er uns in der Vergangenheit sehr behilflich und steht uns mit Rat und Tat beiseite."

„Ich verstehe", Rolf musterte Martin. Er sagte nichts mehr darauf.

Die Tür öffnete sich und Lena kam mit Marcus ins Zimmer. Lena war sichtlich aufgeregt. Nachdem sie Platz genommen hatte, spielte sie unaufhörlich mit ihren Fingern. Ihre Augen schauten nervös von einem zum

108

andern. Marcus hingegen war ganz ruhig. Er schien überhaupt nicht beteiligt zu sein. Stoisch saß er auf einem Stuhl und harrte der Dinge, die nun kamen.

Frank lächelte beiden freundlich zu.

Eine unangenehme Stille lag über dem Raum. Niemand sagte etwas, nur Martins leises „Pah" war ab und an zu vernehmen. Alle warteten auf Charlotte. Dann, nach etwa fünf Minuten kam sie herein. Sie sah matt aus. Ihre Augen, die sonst so strahlten, hatten ihren Glanz verloren. Leise setzte sie sich zu den anderen auf die Couch.

„Ich bin sehr dankbar", setzte Frank an, „dass Sie sich alle hier versammelt haben. Wir möchten mit Ihnen nochmals über den Tod des Mannes sprechen, der bei Ihnen vom Balkon gestürzt ist."

Lena rutschte auf ihrem Platz unruhig hin und her.

„Lena von Breidenfall sah, wie der Mann fotografiert wurde und etwa zehn Minuten später nach oben verschwand. Ist das richtig?"

„Ja, das ist richtig", bestätigte Lena.

„Und Frau Driesig meinte, ihn gesehen zu haben, als er sofort nachdem das Foto geschossen wurde hinauf ging. Ist das ebenso richtig?"

Charlotte blickte unsicher zu Rolf. „Ja, ich weiß nicht. Ich dachte, so war es. Aber ich kann mich auch irren. Ich weiß es nicht mehr so genau. Rolf, bitte, hast du es nicht auch gesehen?"

„Tut mir leid, Liebling, ich habe es nicht gesehen."

Charlotte überlegte und kam zu dem Entschluss, dass sie sich vielleicht doch getäuscht haben könnte. Sie war ja so aufgeregt gewesen an der Feier. Frank nickte. War es für ihn keine Überraschung, hatte er es sich bereits gedacht.

„Ah ja, das ist sehr interessant. Nehmen wir an, dass der Fremde also einige Minuten unten auf der Feier war. Es muss ihn doch irgendjemand dort gesehen haben oder nicht?"

Die von Breidenfalls schauten sich gegenseitig an. Aber niemand sagte ein Wort.

„Oder er muss mit irgendjemanden dort gesprochen haben?"

Wieder schauten sie sich an. Schließlich sagte Rolf: „Nein, es tut uns leid. Wir haben nichts gesehen, was Ihnen weiterhelfen könnte."

Frank stand auf und lief im Wohnzimmer umher. Nach einem kurzen Moment der Stille fragte er: „Ist Ihnen der Name André Sterter ein Begriff?"

Rolf antwortete als erster: „Nein, diesen Namen habe ich noch nie gehört. Was ist mit dir, Liebling?"

„Nein", bestätigte Charlotte, „ich habe diesen Namen auch noch nie gehört.

Frank blickte Lena und Marcus an, aber beide schüttelten nur mit dem Kopf.

„Wieso fragen Sie uns das?", wollte Rolf wissen.

„Weil das der Mann ist, der auf Ihrer Verlobungsfeier ermordet wurde."

„Ermordet?", fragte Rolf ungläubig. „Ich dachte, es war ein Unfall."

„Es hat sich herausgestellt, dass es Mord war."

Martin beobachtete die Familie und sah, wie entsetzt sie auf diese Neuigkeit reagierten. Damit hatte keiner gerechnet.

„Aber wer sollte denn diesen armen Mann absichtlich vom Balkon gestoßen haben?", fragte Rolf ungläubig.

„Jemand, der bei Ihnen auf der Feier war. Zu später Stunde."

Rolf sah den Kommissar entsetzt an. „Aber da war nur noch die Familie da und Patrick, der den toten Mann gefunden hatte."

„Richtig. So sieht es aus."

Rolf nahm die Hand seiner Verlobten und sagte: „Das ist unmöglich. Das würde ja bedeuten, dass einer von uns den armen Mann getötet hat."

Frank blickte in die Runde. „Ja", wiederholte er langsam, „das würde bedeuten, dass einer von Ihnen den Mann getötet haben müsste."

„Das ist eine Ungeheuerlichkeit, die Sie da sagen. Ich möchte auf der Stelle, dass Sie mein Haus verlassen!"

Frank ignorierte Rolf und sprach weiter: „Haben Sie schon einmal den Namen Daniel Hellter gehört?"

„Nein, diesen Namen haben wir ebenso nicht gehört. Was soll das?" Rolf war ganz aufgeregt.

„Bitte beruhigen Sie sich." Er legte Rolf die Hand auf die Schultern. Dieser ließ sich wieder auf der Couch nieder. „Daniel Hellter ist ein Mann, der ebenso auf mysteriöse Weise ums Leben gekommen ist. Wir nehmen an, dass die beiden Morde zusammen hängen."

Charlotte bekam einen angstvollen Gesichtsausdruck. Sie konnte es nicht fassen, was der Kommissar eben gesagt hatte.

„Bitte überlegen Sie, und das ist meine letzte Frage, ist Ihnen etwas Ungewöhnliches aufgefallen, in den letzten drei bis vier Wochen? Irgendetwas, das anders war, als zuvor?"

Charlotte überlegte und meinte, dass sich nichts Außergewöhnliches zugetragen hatte. Auch Lena und Marcus konnten nichts berichten, was ihnen aufgefallen wäre. Rolf, der versuchte, Haltung zu bewahren, runzelte die Stirn. Er antwortete: „Etwas war in der Tat komisch."

„Ja?", Frank machte eine aufmunternde Geste. „Bitte erzählen Sie."

Rolf dachte nach. Schließlich begann er: „Es läutete mehrmals das Telefon. Daran erinnere ich mich gut. Ich nahm den Hörer ab, weil Marie außer Haus war, und sagte meinen Namen. An der anderen Seite war wohl jemand am Hörer, denn ich hörte den Atem der Person, jedoch wurde nichts geantwortet. Stattdessen wurde der Hörer wieder aufgelegt."

„Das klingt sehr interessant", erkannte Frank an. „Wie oft wurde angerufen?"

„Ich weiß nicht mehr genau. Etwa drei Mal? Aber vielleicht war das nur ein Zufall, ich kann mir nicht vorstellen, was das mit den Morden zu tun haben könnte."

Frank nickte nachdenkend. Schließlich beendete er das Gespräch: „Ich danke Ihnen allen, dass Sie Rede und Antwort standen. Wir werden uns nun verabschieden und gegebenenfalls wieder kommen, wenn wir weitere Fragen haben sollten."

Etwas verwirrt erhob sich Rolf und begleitete die drei nach draußen. Nachdem die Tür geschlossen wurde, kombinierte Martin: „Jemand hat im Vorfeld versucht Kontakt aufzunehmen mit der Familie. Beziehungsweise mit einer bestimmten Person."

„Richtig, und da die gewünschte Person nicht den Hörer abnahm, sondern Rolf von Breidenfall, sagte sie nichts und legte wieder auf."

„Aber wer ist diese Person?", wollte Martin wissen.

„Entweder Daniel Hellter oder André Sterter", stellte Frank fest.

„Und wen wollten sie sprechen?"

„Das gilt es herauszufinden. Wir werden die Familie weiter im Auge behalten."

12

Der nächste Tag war sehr sonnig. Veronika und Martin entschieden sich, im Stadtgarten spazieren zu gehen. Dieser war für Martin ein Zufluchtsort, an dem er sich gerne zurückzog, wenn er Stress hatte und nachdenken wollte. Dort waren viele unterschiedliche thematische Bereiche angelegt, die er liebte, wie den Rosengarten oder den Japangarten, den Garten Baden-Baden oder den Duft- und Tastgarten. Natürlich war der Pflanzenreichtum im Winter nicht allzu üppig. Dennoch konnte man erahnen, welche Blütenpracht ab dem Frühling erwachen würde. Es gab einen Stadtgartensee. Dieser bestand aus einem größeren und einem kleineren See, der mit einem Kanal verbunden war. Auf ihm konnte man ab Ostern mit kleinen Bötchen, den Gondolettas, fahren. Jetzt im Winter waren sie leider nicht in Betrieb. In den Stadtgarten war auch der Zoologische Garten eingebettet, der ganzjährig geöffnet war und zahlreiche Tiergehege beherbergte.

Sie schlenderten nun um den größeren Teil des Stadtgartensees und hielten sich dabei an den Händen.

„Magst du mir etwas über deine Familie erzählen?", wollte Veronika wissen. „Ich finde, Familie ist etwas sehr Wichtiges, und wenn du mir etwas darüber erzählst, dann lerne ich dich ein Stück weit näher kennen." Sie lächelte ihn aufmunternd an.

„Ja, gerne", begann Martin und hopste leicht auf und ab. „Meine beiden Eltern wohnen in Ettlingen-Bruchhausen, in dem Haus, in dem ich aufgewachsen bin. Ich fahre regelmäßig zu ihnen und schaue nach dem Rechten. Wir haben ein sehr gutes Verhältnis. Sie sind beide Rentner und ich finde es toll, dass sie beide noch so aktiv und rüstig sind."

Veronika schaute ihn bewundernd an. „Das klingt schön."

„Ja, ist es auch. Die beiden gestalten sich ihr Leben fit und aktiv. Sie wandern oft, gehen regelmäßig schwimmen und was ich am besten finde, sie reisen viel, jetzt, da sie es noch können." Martin stieß ein leises „Pah" aus und ging beim Laufen leicht in die Knie. „Dann habe ich noch einen Bruder, der in Mannheim lebt. Er ist Zahnarzt und hat seine eigene kleine, aber gut gehende Praxis. Mit ihm habe ich auch ein gutes Verhältnis. Wir telefonieren jede Woche mindestens einmal und ab und zu machen wir einen Brudertag, an dem wir dann gemeinsam in die Sauna gehen oder etwas anderes Schönes unternehmen." Er schmunzelte in sich hinein. „Das ist meine engere Familie. Dann gibt es natürlich noch Tanten und Onkel, zwei Cousins, eine Cousine und deren Kinder. Aber mit ihnen habe ich nicht so viel zu tun. Man trifft sich nur an Geburtstagen, weiter nichts."

„Dann hast du Glück und eine intakte Familie, die sich sehr verbunden ist."

„Ja, wir sind uns sehr verbunden."

„Das ist gut. Das musst du schätzen." Veronika schaute bedrückt auf den See. Sie blieb für einen Moment stehen.

„Was ist mit dir?", wollte Martin wissen. „Wohnen deine Eltern auch in Karlsruhe?"

„Meine Eltern sind 2000 bei einem Autounfall ums Leben gekommen."

„Oh, das tut mir leid", sagte Martin anteilnehmend.

„Danke dir. Sie waren auf dem Weg nach Berlin und fuhren auf der A9. Als sie einen LKW überholen wollten, bogen sie zu früh wieder nach rechts ein. Sie streiften ihn und kamen ins Schleudern. Ja, und was dann geschah, weiß man nicht so genau. Es waren mehrere Autos an dem Unfall beteiligt. Für meine Eltern kam jede Hilfe zu spät."

„Ich weiß nicht, was ich dazu sagen soll", flüsterte Martin.

„Du musst nichts dazu sagen. Es ist in Ordnung." Sie umarmte Martin und hielt ihn einen Moment lang ganz fest. „Und Geschwister habe ich leider nicht. Ich bin ein Einzelkind. Deswegen bin ich so oft bei den von Breidenfalls. Sie sind meine Familie und ich bin glücklich, dass sie mich so liebevoll aufgenommen haben."

„Ich verstehe dich. Es ist gut, einen Rückhalt zu haben."

„Ja, das ist es."

Mittlerweile waren sie an der Seebühne angekommen. Sie setzten sich auf zwei der fest installierten Stühle und blickten auf den See. Innig gaben sie sich einen Kuss. Martin war glücklich, Veronika getroffen zu haben. Er war schon sehr lange alleine gewesen und vielleicht würde sich etwas Festes daraus ergeben. Das hoffte er.

Veronika wechselte das Thema. „Und wie geht es mit euren Ermittlungen voran?", wollte sie wissen.

Martin dachte einen Moment lang nach, bevor er anfing: „Nun, wir wissen, dass die beiden toten Männer miteinander befreundet waren."

„Oh", stieß Veronika aus, „und was bedeutet das?"

„Es bedeutet, dass die beiden Morde miteinander zusammenhängen."

„Es war also kein Zufall?"

„Nein, ein Zufall war es gewiss nicht."

„Und was hat das mit den von Breidenfalls zu tun?"

„Es gab anonyme Anrufe. Rolf von Breidenfall erzählte, dass jemand mehrmals anrief, sich aber nicht meldete. Das bedeutet, dass der Anrufer eine bestimmte Person sprechen wollte.

„Aber nicht meinen Cousin."

„Richtig, jemand anderen."

„Aber wen?", Veronika schaute ihn fragend an.

„Das weiß ich nicht. Die beiden Männer hatten jedenfalls einen Plan. Einen Plan, der schief ging. Es könnte um viel Geld gehen. Einer sprach von einer großen Reise und er machte ein teures Geschenk. Offenbar erwartete er großen Reichtum."

„Vielleicht wollten die beiden meinen Cousin erpressen und Geld von ihm haben?"

„Nein, das kann nicht sein", überlegte Martin. „Denn wenn sie von ihm Geld erpressen wollten, dann hätten sie am Telefon geantwortet, als er den Hörer abgenommen hatte."

„Ja, da hast du Recht."

„Ich weiß nicht recht. Irgendetwas stimmt nicht. Alles, was wir bisher erfahren haben, passt nicht zusammen. Ich tappe noch vollkommen im Dunkeln." Er riss den Mund unwillkürlich weit auf und zuckte mehrmals mit seinem Kopf.

Veronika konnte nicht anders. Sie lachte ihn an: „Du meine Güte."

„Entschuldige bitte", sagte Martin. Spontan musste er über sich selbst lachen.

„Nein, entschuldige dich nicht, du hast keinen Grund. Es sah nur so komisch aus. Alles ist in Ordnung." Nach einer Pause fuhr sie bestimmt fort: „Ich werde am Wochenende wieder zu den von Breidenfalls gehen. Ich bin zum Frühstück eingeladen. Ich werde meine Augen und Ohren offen halten und dir berichten, wenn ich etwas Auffälliges beobachte."

„Du bist wunderbar." Martin strich ihr über die blonden Haare.

13

Um kurz nach vier klingelte bei Martin das Telefon. Kommissarin Schubert rief im Auftrag von Kommissar Frank an. Dieser war gerade im Begriff in die

Wichernstraße 51 zu fahren, um die Wohnung von André Sterter zu durchsuchen. Kommissarin Schubert fragte Martin, ob er nicht auch hinzukommen wolle. Vielleicht würde man wichtige Hinweise finden, die sie ihm nicht vorenthalten wollten. Martin bejahte sofort. Nach Beendigung des Telefonats nahm er seinen Mantel und machte sich auf den Weg. Etwa 15 Minuten später stand er vor der angegebenen Adresse. André Sterter wohnte in einem vierstöckigen Wohnblock. Er klingelte bei Sterter und sogleich wurde die Tür geöffnet. Die Wohnung befand sich im zweiten Stock. Sie verfügte über zwei Zimmer, eine kleine Küche und ein innen liegendes Bad. Die Einrichtung war einfach gehalten und funktional. Das zentrale Element im Wohnzimmer war offenbar der große Fernseher. Alles richtete sich daraufhin aus. An der Längsseite der Wand stand eine in Buche gehaltene Schrankwand. Eine kleine Couchgarnitur mit schwarzem Stoffbezug stand ihr gegenüber. Einen Esstisch gab es nicht. Die beiden Kommissare öffneten jede Tür und jede Schublade. In der Schrankwand gab es unter anderem eine Abteilung mit persönlichen Dingen, wie Ordner mit Zeugnissen, Ausbildungsnachweisen und Meisterbrief oder Mietvertrag und andere Verträge. Ihnen fiel auf den ersten Blick dabei nichts Besonderes auf. Martin fasste selbst nichts an. Er tastete den Raum mit seinen Augen ab. Auf einem Regal lagen einige geöffnete Briefe. Er las die Absender. Diese waren, soweit Martin sehen konnte, eher offizieller Natur. Er lenkte seine Schritte ins Schlafzimmer. Dort befand sich ein großes, etwa 1,60 m breites Bett mit zwei Garnituren darauf. An der einen Wand stand ein dreiteiliger Schlafzimmerschrank mit Milchglastüren, die einen Einblick in das Innere des Schranks ermöglichten. Darin waren seine Kleider aufbewahrt und die Bettwäsche und allerlei Kleinkram. In der einen Ecke des Zimmers stand ein Trimm-dich-Rad. Einige Wäschestücke waren über einen Stuhl geworfen. Auf dem Nachttischchen standen zwei geleerte Sektgläser. Er prägte sich jede Einzelheit ein. Dann ging er in die Küche. Diese bestand aus einem rotlackierten Küchenblock auf der einen Seite und einem kleinen Tisch mit drei Stühlen auf der anderen Seite. Die Arbeitsplatte war vollgestellt mit altem Geschirr. Offenbar hatte André Sterter kurz vor seinem Tod noch einmal gekocht. An der einen Wand hing eine Pinnwand. Dort angebracht las Martin eine Einkaufsliste, einen Abholschein einer Wäscherei, die Rechnung für eine goldene Kette und ein Prospekt von dem geplanten Urlaub nach Ägypten, von dem bereits Frau Wollherr berichtet hatte. Darüber hing ein Zettel mit einem handschriftlich fixierten Namen: `Harata Karahina´. Martin las den Namen, zog seine Augenbrauen zusammen, ließ aber dann seine Blicke weiter schweifen. Auf dem an die Küche angrenzenden

Balkon standen ein kleiner Tisch und zwei Stühle in Teakholz. Er blickte gedankenvoll aus dem Fenster, als er die Stimme von Kommissar Frank hörte, der eben in die Küche kam: „Und, Herr Fennberg, haben Sie etwas Wichtiges gefunden?"

„Nein, ich fürchte nicht. Ich habe nichts gesehen, was in unmittelbarem Zusammenhang mit dem Fall steht. Das einzig Interessante ist hier an der Pinnwand eine Rechnung für diese Goldkette, die der Tote seiner Freundin geschenkt hatte. Und das Prospekt über den Ägyptenurlaub. Damit bestätigt sich ihre Aussage."

Frank ging zur Pinnwand hinüber und nahm die beiden Papiere ab. „Ja, das stimmt. Wir werden sie als Beweismaterial mitnehmen. Sonst gibt es keine Unterlagen, keine Notizen oder Ähnliches, die auf die Familie von Breidenfall hinweisen?"

„Nein, ich fürchte nicht", befand Martin.

„Wir nehmen die Ordner mit den persönlichen Dingen mit und überprüfen jedes Dokument. Vielleicht werden wir dort fündig", warf Schubert ein.

„Richtig." Enttäuscht sprach Frank weiter: „Wenn es wirklich so war, dass die beiden Toten einen Plan hatten, so müsste doch irgendwo hier etwas darüber zu finden sein?"

„Ja, das ist seltsam", bestätigte Martin. Er zuckte kurz und musste laut „Pah" ausstoßen. In seinem Kopf arbeitete es fieberhaft. Es gingen ihm dutzende Gedanken durch den Kopf.

14

Samstagmorgen um neun Uhr klingelte Veronika bei den von Breidenfalls an der Tür. Marie öffnete und Veronika trat ein. In der Hand hielt sie einen frischgebackenen Kuchen.

„Guten Morgen, Marie, wie geht es dir?", fragte Veronika gut gelaunt.

„Vielen Dank, mir geht es gut." Marie nahm ihr den Kuchen ab. „Da wird sich Charlotte aber freuen. Der Maulwurfshügel ist einer ihrer Lieblingskuchen."

„Ich weiß, deswegen habe ich ihn ja gebacken." Sie gingen gemeinsam in die Küche, in der Marie den Kuchen abstellte.

„Das wird sie aufheitern. In den letzten Tagen ist es hier sehr trist gewesen. Niemand sagte ein Wort und alle gingen sich aus dem Weg", erzählte Marie.

„Ja, das kann ich mir gut vorstellen, nach dem, was alles hier geschehen ist."

Marie nahm die Hand vor den Mund und sah sich um. „Die Polizei verdächtigt einen von der Familie", flüsterte sie.

„Nein, wirklich? Aber das kann ja nicht sein." Veronika stellte sich unwissend.

„Ja, wirklich. Das hat der Kommissar gesagt."

„Ach, du wirst sehen, es wird sich alles in Nichts auflösen und es war jemand ganz anderes." Sie winkte ab.

Marie schaute Veronika ungläubig an. Sie machte sich daran, das Frühstück zu richten. Veronika ließ sie alleine und ging ins Wohnzimmer. Niemand war da. Wo sind denn alle, dachte sie. Schlafen denn alle noch? Sie klopfte leise an die Arbeitszimmertür. Nachdem sie Rolfs Stimme vernahm, öffnete sie und trat ein.

„Veronika! Schön dich zu sehen." Er kam ihr entgegen und umarmte sie.

„Ich bin zum Frühstück gekommen. Isst du mit uns mit?"

„Nein, leider nicht. Ich habe einen Geschäftstermin um 10 Uhr in Knielingen. Ich werde mich bald auf den Weg machen."

„Das ist aber schade."

„Ja. Das kann ich leider nicht ändern. Charlotte wird sich aber sehr freuen, dass du da bist. Und die Kinder auch. Seitdem dieser Mord geschehen ist, ist alles so still und ungemütlich geworden. Es ist ein Albtraum. Alle gehen sich aus dem Weg und niemand spricht mehr miteinander."

„Das kann ich mir gut vorstellen."

„Dieser Kommissar hat Unfrieden gestiftet. Ich glaube ihm kein Wort."

Veronika legte ihre Hand auf seinen Arm.

„Und dir, wie geht es dir?", wollte Rolf wissen.

„Mir geht es sehr gut. Martin Fennberg und ich sind uns näher gekommen." Ihre Augen strahlten. Leise sagte sie: „Ich glaube, ich bin verliebt."

„Das ist ja mal eine Überraschung." Rolf lächelte sie an. „Dann hat es wirklich etwas bewirkt, dass Charlotte ihn doch noch engagiert hat."

„Ja, ich bin ihr sehr dankbar."

„Sehr schön. So, und nun musst du mich entschuldigen. Ich muss noch einiges erledigen, bevor ich gleich los muss."

„Alles klar, ich werde dich alleine lassen." Veronika verließ das Arbeitszimmer. In der Halle stand Charlotte. Sie erschrak kurz, als sie Veronika sah, aber dann erhellte sich ihr Gesicht und sie begrüßte sie freudestrahlend. Beide gingen gut gelaunt in das Esszimmer, in dem Marie bereits alles für das Frühstück vorbereitet hatte. Marie kam mit dem aufgeschnittenen Kuchen.

„Wie schön, Veronika", Charlotte war hoch erfreut, „du hast an mich gedacht und meinen Lieblingskuchen gebacken!"

„Lass ihn dir schmecken."

Das werde ich. Sie nahm ein Stückchen und fragte Veronika: „Willst du auch eins?"

„Nein danke, du weißt ja, ich liebe Kuchen, aber nur am Nachmittag zum Kaffee. Morgens ist er mir zu süß."

„Stimmt, ich vergaß." Freudig und genüsslich aß Charlotte ein Stück Maulwurfskuchen.

„Wo sind denn Lena und Marcus?"

„Die liegen bestimmt noch im Bett. Einen Augenblick, ich werde sie rufen lassen." Sie wendete sich an Marie, die mit ihrem Tablett neben der Tür stand. „Marie, sei so gut und wecke Lena und Marcus, sie sollen aufstehen, schließlich haben wir Besuch zum Frühstück."

Marie verschwand sogleich. Charlotte nahm Veronikas Hand und sagte vertraulich: „Wie schön, dass du da bist. Mir fällt hier die Decke auf den Kopf. Es ist so bedrückend seit der Verlobungsfeier. Und dieses Schweigen. Ich halte es nicht länger aus. Lena und Marcus verhalten sich so distanziert und Rolf, der versucht gute Miene zu manchen, aber ich weiß, dass es ihm nicht gut geht." Sie seufzte.

„Ich bin ja jetzt da. Und wenn du magst, dann gehen wir später zusammen spazieren. Oder wir gehen einkaufen, was immer dir gefällt. Ich bringe dich schon auf andere Gedanken."

„Das ist lieb von dir."

Die Tür öffnete sich und Marcus kam herein. Er setzte sich stumm an den Tisch und nahm sich ein Brötchen.

Charlotte begrüßte ihn höflich: „Guten Morgen Marcus. Hast du gut geschlafen?"

Dieser nickte nur und schmierte sich das Brötchen mit Marmelade. Charlotte blickte zu Veronika und machte eine Geste, als ob sie sagen wollte: `Siehst du, was habe ich dir gesagt.´

Einige Minuten später kam Lena und setzte sich zu den anderen an den Tisch. Sie war ebenso ruhig und aß still ihr Müsli, das Marie für sie zubereitet hatte.

Veronika wandte sich an Lena: „Lena, wie geht es dir denn? Wir haben uns seit der Verlobungsfeier nicht mehr gesehen. Und selbst da hatten wir keine Gelegenheit, miteinander zu sprechen."

„Stimmt, Veronika, wir hatten keine Zeit dazu. Mir geht es soweit gut, den Umständen entsprechend." Sie legte ein freudiges Gesicht auf. Dann jedoch veränderte sich ihr Ausdruck. „Dieser Kommissar Frank macht mir Angst. Es ist mir unheimlich, dass in unserem Haus ein Mord verübt wurde. Ich kann seitdem an nichts anderes mehr denken."

„Das kann ich mir vorstellen. Wir alle waren sehr geschockt, nicht war Charlotte?"

Charlotte nickte bestätigend.

Lena blickte Charlotte von der Seite an. „Ich wünschte, es wäre so wie früher. Da war alles in Ordnung. Aber jetzt? Jetzt ist alles falsch. Alles ist aus den Fugen geraten!"

Marcus machte einen grunzenden Laut, der so viel besagte, dass er Lena zustimmte.

„Aber so kannst du das nicht sagen, Lena. Ja, alles verändert sich. Aber Veränderungen sind doch gut. Ohne Veränderungen wäre die Welt nicht da, wo sie heute steht."

„Ich kann und will damit nicht gut umgehen." Sie knallte den Löffel auf den Tisch und verließ schlechtgelaunt den Raum.

Marcus schaute ihr kauend nach.

Charlotte raunte: „Ach, Lena."

Veronika versuchte Charlotte zu trösten: „Sie wird sich wieder beruhigen, da bin ich mir sicher. Wenn der Mord erst einmal aufgeklärt ist, dann wird wieder Normalität eintreten, bestimmt."

Ein warmes Lächeln glitt über Charlottes Gesicht. Sie war froh, Veronika bei sich zu haben. Marcus sagte weiterhin nichts. Ihm hatte es scheinbar die Sprache verschlagen. Charlotte nahm sich ein zweites Stück Kuchen und aß es mit Genuss.

Nach dem Frühstück beschloss Charlotte gemeinsam mit Veronika alte Fotos zu suchen, um eine Collage ihrer Beziehung zusammenzustellen. Diese Collage sollte in das Fotobuch, das Martin Fennberg bearbeiten sollte, mit eingefügt werden. Charlotte holte dafür mehrere Fotoalben, die sie in den letzten Jahren zusammengestellt hatte. Gemeinsam mit Veronika machte sie es sich auf der Couch im Wohnzimmer gemütlich. Marcus war unterdessen wieder in seinem Zimmer verschwunden.

Einzelne Fotos wurden ausgesucht und chronologisch geordnet. Dabei waren die Eckpfeiler ihrer Beziehung, wie beispielsweise der erste gemeinsame Urlaub auf Teneriffa, Bilder vom Einzug ins Rolfs Villa oder der Heiratsantrag auf den Malediven von größter Bedeutung.

Plötzlich hielt sich Charlotte den Bauch. „Du, Veronika, entschuldige bitte. Aber ich muss ganz dringend auf die Toilette." Sie ging schnellen Schrittes hinaus und kam nach einigen Minuten wieder langsam gehend zurück. Veronika fiel sofort auf, dass Charlotte blass geworden war. „Geht es dir nicht gut?"

„Doch, doch, alles in Ordnung. Ich hatte nur etwas, wie soll ich das sagen, etwas Durchfall. Entschuldige bitte."

„Vielleicht hast du ja etwas Falsches gegessen?", erkundigte sich Veronika.

„Nein, mir geht es wirklich gut."

Sie sondierten weiter diverse Urlaubsfotos. Dann krampfte sich Charlottes Körper zusammen. Sie hielt sich dabei ihren Bauch und stieß einen spitzen Schrei aus.

„Charlotte, was ist mit dir?" Sie fasste Charlotte an der Schulter.

„Ich weiß es auch nicht. Mir ist total übel!" Charlotte schaute Veronika mit großen, aufgerissenen Augen an.

Wieder krampfte sich Charlotte zusammen und sie fing an zu zittern.

„Charlotte, du zitterst ja!"

„Bitte, bitte, hol einen Arzt. Ich….", plötzlich gluckste Charlotte und sie musste sich über dem Couchtisch übergeben. Sofort stand Veronika auf, ging zum Telefon und rief den Krankenwagen. Irgendetwas stimmte nicht. Charlotte musste etwas gegessen haben, was ihr nicht bekam. Wieder krampfte sich ihr Körper zusammen und wieder ächzte sie vor Leibschmerzen. Veronika bekam es mit der Angst zu tun. Sie bettete Charlotte auf der Couch. Nervös ging sie im Wohnzimmer auf und ab. Charlottes Zustand verschlimmerte sich von Minute zu Minute. Als der Krankenwagen kam, berichtete Veronika in allen Einzelheiten von den Symptomen, die sie bei Charlotte wahrgenommen hatte. Schließlich wurde sie auf der Trage liegend in den Krankenwagen gehoben. Als vertraute Person sollte Veronika mit ins Krankenhaus fahren. Sie instruierte Lena und Marcus, die von dem Trubel aufmerksam geworden waren und nach unten gelaufen kamen. Rolf sollte nach seinem Gespräch sogleich ins Krankenhaus kommen. Mit Blaulicht fuhr der Krankenwagen davon.

15

Bereits während der Fahrt wurden dem Städtischen Krankenhaus die nötigen Informationen übersendet. Dort angekommen, wurde Charlotte sogleich in der Notaufnahme versorgt. Zwei Ärzte waren sofort zur Stelle und behandelten sie. Veronika sollte als Nahestehende formelle Angaben über Charlotte machen und den Vormittag in allen Einzelheiten beschreiben. Nachdem die Personalien aufgenommen und die nötigen Details besprochen waren, rief Veronika Martin auf dem Handy an, um ihm die traurige Neuigkeit mitzuteilen. Dieser war entsetzt und bot an, gleich ins Krankenhaus zu kommen. Nach dem Telefonat informierte Martin ebenso Kommissar Frank und Kommissarin Schubert. Etwa 30 Minuten später trafen sich alle vier am Haupteingang.

„Veronika, was ist genau passiert?", wollte Martin wissen, der atemlos bei der zusammenstehenden Gruppe ankam.

„Charlotte ist vergiftet worden!" Sie umarmte ihn. „Es ist schrecklich. Wie sie da lag und sich vor Schmerzen den Bauch hielt, es war furchtbar."

„Aber wie kommst du darauf, dass sie vergiftet wurde?"

„Es ging alles so schnell. Es ging ihr gut und dann plötzlich bekam sie solche Schmerzen. Es musste so sein, dass sie etwas Falsches oder vielleicht sogar Giftiges gegessen hatte. Anders konnte ich mir das nicht erklären."

„Bitte erzählen Sie von Anfang an, was geschehen ist", bat Kommissar Frank.

Veronika überlegte kurz und begann: „Wir saßen gemeinsam beim Frühstück, Charlotte, Lena, Marcus und ich. Danach sortierten wir Fotos für das Fotobuch, was Martin, Herr Fennberg, erstellen soll. Ja und dann ging es los. Sie musste zuerst auf die Toilette, weil es ihr plötzlich schlecht ging. Danach war sie furchtbar blass. Sie bekam Leibschmerzen und musste sich übergeben. Es hörte nicht auf, sondern wurde immer schlimmer. Ich werde es nicht vergessen, wie sie vor Schmerzen stöhnte."

Martin schaute Kommissar Frank an. Sehr bekannt kamen ihm die Beschreibungen von Veronika vor. Ähnlich hatte er es auch bei Daniel Hellter beobachtet.

Frank fragte mit einer ruhigen und konzentrierten Art: „Können Sie sich daran erinnern, was Frau Driesig an diesem Morgen zu sich genommen hat?"

Veronikas Augen öffneten sich. Es wurde ihr blitzschnell bewusst, dass Charlotte nur den Kuchen gegessen hatte. Ihren Kuchen. „Nun ja", sagte sie langsam, „ich hatte ihr einen Kuchen gebacken, einen Maulwurfskuchen. Das ist eine gefüllte Schokoladentorte mit braunem Streusel oben drauf, ihr Lieblingskuchen. Ich wollte ihr damit eine Freude machen. Sie nahm zuerst ein Stückchen, später dann noch ein zweites."

„Und was aß sie außerdem?"

„Nichts", antwortete Veronika kleinlaut, „sie aß nur zwei Stückchen Kuchen und trank dazu eine Tasse Kaffee."

Frank warf einen vielsagenden Blick zu Schubert. „Und was haben die anderen gegessen? Auch etwas von dem Kuchen?"

„Nein, Charlotte war die einzige. Lena und Marcus machen sich nichts aus Kuchen und ich, ich liebe

Kuchen, aber erst zum Kaffeetrinken am Nachmittag. Morgens ist er mir zu süß."

„Und sie haben ihr diesen Kuchen gebacken?", Frank schaute sie eindringlich an.

„Ja, ich weiß es auch nicht", Veronika runzelte die Stirn. Plötzlich bekam ihre Stimme etwas Unsicheres. „Aber Sie können doch nicht annehmen, dass ich etwas in den Kuchen hineingegeben habe? Das habe ich bestimmt nicht!" Sie blickte hilfesuchend zu Martin hinüber.

„Veronika", mischte sich nun Martin ein, der vor Anspannung gerade viele Tics hatte, „du bist mit dem Kuchen in das Haus gegangen, richtig?"

Veronika nickte.

„Und du hast ihn auf den Tisch gestellt, von wo Charlotte sich die beiden Stückchen herausnahm."

„Nein, so war das nicht. Ich habe ihn Marie gegeben und sie hat ihn zuerst in die Küche gestellt."

Martin setzte nach: „Er wurde in die Küche gestellt?"

„Ja, so war es."

„Und da stand er unbeaufsichtigt?"

„Ja, einen Moment lang bestimmt. Marie hat im Esszimmer den Tisch gedeckt und ich bin ins Arbeitszimmer zu Rolf gegangen."

„Wo waren Lena und Marcus?"

„Die habe ich erst später gesehen. Ich nehme an, dass sie in ihren Zimmern waren."

„Das heißt, dass der Kuchen mindestens ein paar Minuten unbeaufsichtigt in der Küche stand. Es hätte prinzipiell jeder in die Küche gehen und etwas in oder auf den Kuchen getan haben können.

„Sehr gut kombiniert, Herr Fennberg. Und um eine andere Möglichkeit ganz auszuschließen: Frau Schönlein, wer trank alles heute Morgen von dem Kaffee?"

„Alle", erklärte Veronika wahrheitsgemäß.

„Es tranken also alle vom Kaffee und nur Frau Driesig wurde vergiftet. Das ist interessant. Hm, nehmen wir einmal an, dass sie vor dem Frühstück nichts weiter gegessen hat, so bleibt nur der Kuchen als potentielle Vergiftungsquelle." Er nahm sein Handy und wählte eine Nummer. „Burkhard, ich bitte Sie um Folgendes. Fahren Sie in die Schubertstraße 25 und beschlagnahmen Sie einen Kuchen. Einen Maulwurfskuchen. Bringen Sie ihn ins Labor. Er muss nach möglichen Giften untersucht werden. Und bitte, melden Sie sich, wenn Sie ein Ergebnis bekommen haben."

In diesem Moment kam Rolf von Breidenfall in die Halle des Krankenhauses. „Veronika, bitte, was ist passiert, wie geht es Charlotte?"

Veronika erzählte Rolf in allen Einzelheiten von dem gemeinsamen Frühstück, von den Vergiftungserscheinungen bis hin zur Fahrt mit dem Krankenwagen. Dabei berichtete sie auch von dem, was die Polizisten für möglich hielten, dass einer, der sich im Haus aufhielt, den Kuchen vergiftet haben könnte.

„Aber das ist doch ganz absurd!", entschied Rolf. „Das hieße ja, dass entweder Lena, Marcus oder Marie für den Anschlag verantwortlich sind?"

„Oder Frau Schönlein", vervollständigte Kommissar Frank.

Veronika blickte unweigerlich zu Martin, der jedoch nichts dazu sagte.

Ein Arzt kam in diesem Moment auf die Gruppe zu. Er wandte sich vertraulich an Veronika. „Bitte, Frau Schönlein, können wir Sie einen Augenblick sprechen?"

„Verzeihen Sie, aber hier ist der Verlobte der Patientin, Herr Rolf von Breidenfall und hier sind ebenso zwei

Kommissare der Karlsruher Polizei. Ich bin nur eine Freundin von Frau Driesig."

„Ja, wenn das so ist." Er nickte Rolf, Kommissar Frank und Kommissarin Schubert zu. „Dann würde ich es vorziehen, auf Grund des Befunds mit Ihnen gemeinsam zu sprechen, wenn es Sie nicht stört."

„Nein, Sie können ganz offen reden", entschied Rolf.

Frank bedankte sich mit einer freundlichen Geste.

„Also, Frau Driesig kam mit folgenden Beschwerden in die Klinik: Sie hatte Krämpfe, Durchfall, Erbrechen, sie war blass und zitterte. Diese Symptome weisen auf eine Alkaloidvergiftung hin. Wir haben ihren Magen ausgepumpt und ihr medizinische Kohle verabreicht und somit der Vergiftung entgegen gewirkt. Ihr Zustand ist mittlerweile stabil. Sie muss jedoch noch ein paar Tage zur Beobachtung bei uns im Krankenhaus bleiben."

„Hätte die Vergiftung für sie tödlich enden können?", wollte Frank wissen.

„Bei einer höheren Dosis und unterlassener Hilfeleistung wäre sie vermutlich an Atemstillstand gestorben. Es wäre ratsam, die näheren Umstände zu untersuchen", schlug der Arzt vor. „Vielleicht hat ihr jemand das Gift absichtlich verabreicht."

„Vielen Dank, sie haben uns sehr geholfen. Es wäre schön, wenn Sie einen Bericht für unsere Akten schreiben könnten", bat Kommissar Frank.

„Sehr wohl, das kann ich veranlassen", antwortete der Arzt.

„Wann kann ich Charlotte sehen?", wollte Rolf wissen.

„Heute noch nicht", empfahl der Arzt. „Sie braucht dringend Ruhe. Kommen sie morgen in der Besuchszeit." Mit diesen Worten verabschiedete er sich und verließ die Gruppe.

Rolf blickte zu Veronika. „Ich weiß nicht, wie das geschehen konnte. Wer konnte ihr das nur antun?"

Veronika legte ihm die Hand auf die Schulter. „Ich weiß es nicht, Rolf, es ist schrecklich."

Rolf verabschiedete sich kopfschüttelnd von den Kommissaren und von Martin. Veronika schlug vor, mit ihm nach Hause zu fahren, um ihn etwas abzulenken und zu trösten. Die Kommissare und Martin blieben alleine zurück.

„Charlotte sollte das Opfer Nummer drei werden", begann Schubert.

Frank nickte: „Nur dieses Mal ist es schief gegangen."

„Der Kreis der Verdächtigen wird immer enger. Es muss jemand gewesen sein, der im Haus war, als der Kuchen gebracht wurde."

„Oder jemand, der ins Haus gelangte", warf Martin ein.

16

Kommissar Frank, Kommissarin Schubert und Martin saßen gemeinsam im Büro. Frank blätterte die mittlerweile dicke Akte durch und suchte nach Informationen, die er bisher übersehen hatte. Schubert las in ihren Aufzeichnungen und Martin blickte gedankenvoll aus dem Fenster. Es war still, nur ab und an hörte man Martins nervöse Geräusche. Frank schlug die Akte zu und sagte schließlich: „Wir haben bereits zwei unaufgeklärte Morde. Das dritte Opfer, Charlotte Driesig überlebte. Ich sehe keinen Zusammenhang zwischen den Morden, aber es muss einen geben. Derjenige, der die beiden Männer umgebracht hat, hat es auch bei Frau Driesig probiert. Nur dieses Mal ist es schief gegangen."

„Ich sehe es genauso", warf Schubert ein. „Es muss eine Person für alle Morde verantwortlich sein. Finden wir den Täter für einen Mord, so haben wir gleich alle drei aufgeklärt."

Martin sagte dazu nichts. In seinem Kopf blitze es unaufhörlich und ein Gedanke jagte den nächsten. „Wer hatte ein Motiv für den Mordversuch an Charlotte Driesig?", fragte er schließlich.

„Lassen Sie uns überlegen. Da ist zum einen Lena von Breidenfall, die Tochter. Könnte sie ein Motiv gehabt haben?", fragte Frank in die Runde.

„Sie konnte Charlotte Driesig nicht leiden", überlegte Martin.

„Wie kommen Sie auf diese Idee?"

„An der Verlobungsfeier hörte ich sie, als sie zu ihrem Bruder sagte, dass sie sich wünschte: `alles wäre wie früher´. Damit meinte sie, dass alles so sein sollte wie zu der Zeit, als ihre Mutter noch lebte. Sie hing sehr an ihrer Mutter und sie liebte sie. Ich denke, sie hat den Tod ihrer Mutter nie ganz überwunden."

„Verstehe", Frank nickte bestätigend, „und dann kommt eine neue Frau und tritt an die Stelle ihrer toten Mutter. Und das verkraftet sie nicht."

„Genau."

„Hm. Was ist mit dem Sohn?", wollte Frank wissen.

„Martin überlegte: „Mit ihm verhält es sich ähnlich. Er ist in psychologischer Behandlung seit dem Tod seiner Mutter. Ihn hat der Tod so aus der Bahn geworfen, dass er seinen Beruf nicht mehr ausüben kann und nur noch zu Hause herumsitzt und nichts tut.“

„Und dann, als die Verlobungsfeier stattfand, wurde es ihnen bewusst. Jetzt sollte die Mutter ersetzt werden.“ Frank stand auf. „Das ist aus psychologischer Sicht sehr interessant. Sie reagieren so heftig, indem sie sie beseitigen wollen. So könnte es gewesen sein. Sie könnten es gemeinsam geplant und durchgeführt haben.“

Martin dachte weiter nach. „Da ist auch noch Marie, die Haushälterin. Sie war auch im Haus und ich behaupte, dass auch sie ein Motiv gehabt haben könnte.“

„Marie, das Mädchen?“, fragte Frank erstaunt.

„Ja, denn sie ist in Rolf von Breidenfall verliebt.“

„Stimmt, das hatten Sie schon einmal erwähnt.“

„Sie bewundert Rolf sehr. Ich möchte wagen zu sagen, dass sie ihn anhimmelt. An der Verlobungsfeier weinte sie, weil sie seinen Verlust an Charlotte Driesig spürte. Auch sie könnte den Plan gehabt haben, Charlotte zu ermorden.“

„Frau Mindensen also“, murmelte Frank.

„Und dann ist nicht auszuschließen, dass jemand von außen hereinkam und den Kuchen vergiftete, wenn es denn der Kuchen war." Er dachte unweigerlich an den Namen `Manié´, den er bereits mehrmals gehört hatte. Vielleicht verkraftete diese Person ebenso nicht die Tatsache, dass Rolf sich mit Charlotte verlobte?

„Das müsste aber ein Zufall sein, dass ausgerechnet jemand in diesem Moment eintrat und nicht gesehen wurde."

„Aber es ist eine Möglichkeit", gab Martin zu bedenken.

„Richtig, das gebe ich zu." Frank machte eine Pause. Forschend fuhr er fort: „Was ist mit Veronika Schönlein? Ich weiß, das möchten Sie nicht hören, aber sie hatte ebenso die Möglichkeit. Die beste sogar, denn sie backte den Kuchen."

„Ich weiß, aber für Veronika lege ich meine Hand ins Feuer", sagte Martin bestimmt.

„Wie können sie sich so sicher sein?"

„Ich weiß es nicht, es ist nur ein Gefühl."

„Ich sage Ihnen, lassen Sie sich nicht täuschen!" Frank erhob den Zeigefinger.

In diesem Moment klopfte es und herein kam Herr Burkhard, der Kommissar Frank das Ergebnis aus dem

Labor überbrachte. Frank überflog es und stieß einen Pfiff in die Luft.

„Es war wirklich der Kuchen. Auf dem braunen Streusel war fein zerriebene Rinde vom Buchsbaum gestreut worden." Er blickte auf. „Durch die unebene Oberfläche und die Kakaoschicht war sie auf dem Kuchen nicht sichtbar. Die Rinde vom Buchsbaum ist hochgiftig und enthält das Alkaloid Cyclobuxin. In hohen Dosen kann es tödlich sein."

Martin wurde unruhig. Er dachte an Veronika. Mit ihr musste er sprechen und sich nochmals alle Einzelheiten berichten lassen. Es konnte nicht sein, dass sie den Kuchen vergiftet hatte. Unmöglich, wie könnte er sich so täuschen? Jetzt, da er sie so mochte.

„Da gibt es noch Rolf von Breidenfall", überlegte Kommissarin Schubert. „Über ihn hatten wir noch nicht gesprochen."

„Richtig", bestätigte Frank. „Er hätte den Kuchen auch vergiften und dann das Haus verlassen können.

„Aber das scheint mir weniger wahrscheinlich. Was für ein Motiv könnte er gehabt haben?"

„Wir werden sehen. Wir befragen die Familie." Frank erhob sich. Seine Stimme bekam einen motivierten Klang. „Wenn es einer von ihnen war, dann werden wir es herausfinden. Dann wird sich der eine oder andere früher oder später versprechen.“

Sie packten ihre Unterlagen zusammen und verließen das Büro.

17

Als die drei im Auto saßen und auf direktem Wege in die Schubertstraße fuhren, warf Kommissarin Schubert eine Frage auf, die sie schon die ganze Zeit beschäftigte: „Woher wissen wir, dass Frau Driesig das geplante Mordopfer war?“

„Wie meinen Sie das?“, wollte Frank wissen.

„Der gesamte Kuchen war vergiftet. Es hätte doch jeder ein Stückchen davon essen können, nicht wahr? Vielleicht war es reiner Zufall, dass ausgerechnet Frau Driesig davon aß und die andern nicht? Und in Wirklichkeit sollte jemand ganz anderes sterben?“

„Verflixt Schubert! Sie machen alles noch komplizierter, als es eh schon ist“, Frank atmete tief ein. „Nun gut, wir müssen Folgendes herausbekommen: Wer wusste, dass Frau Driesig Kuchen liebt und in jedem Fall ein Stück davon isst? Und wer wusste, dass die andern höchstwahrscheinlich nichts davon essen wollen?“

„Frau Schönlein sagte es uns im Krankenhaus, dass Frau Driesig Kuchen liebt", warf Martin ein. „Sie sagte auch, dass sie selbst keinen Kuchen am Vormittag isst und dass sich Lena und Marcus nichts aus Kuchen machen."

„Dann heißt unsere Frage: Wer weiß es noch? Ist das allgemein bekannt?"

„Wir können Frau Schönlein fragen", schlug Martin vor.

„Nun gut, wir wollen sie danach befragen."

Martin rief Veronika auf dem Handy an und bat sie, wenn möglich, umgehend zu den von Breidenfalls zu kommen. Sie wollten ein paar wichtige Fragen an sie richten. Veronika machte sich sogleich auf den Weg. Die beiden Kommissare und Martin bogen in die Schubertstraße ein und parkten den Wagen. Nachdem Marie sie herein gelassen hatte, baten sie Rolf, in seinem Arbeitszimmer einige Befragungen durchführen zu dürfen. Dieser war sichtlich gezeichnet und machte einen etwas verwirrten Eindruck.

„Ach bitte, Herr von Breidenfall, bleiben Sie doch einen Moment da."

Rolf schloss die Tür und setzte sich auf einen Stuhl.

„Herr von Breidenfall. Die Untersuchung ergab, dass das Gift, das Frau Driesig zu sich nahm, im Kuchen war.

Wir gehen also davon aus, dass jemand Ihre Verlobte auf diesem Weg ermorden wollte."

„Aber wer sollte so etwas Schreckliches tun?", Rolf blickte fassungslos und fragend auf Frank.

„Es muss jemand sein, der zuvor hier im Haus war."

„Aber da…..", Rolf brach ab. Wieder wurde die Familie beschuldigt.

„Da war nur die Familie da", beendete Frank den Satz. „Sagen Sie, welches Verhältnis haben Charlotte Driesig und Ihre Kinder?"

„Soweit ich das beurteilen kann, haben sie ein gutes Verhältnis. Natürlich ist es schwer für sie, Charlotte als ihre Stiefmutter zu akzeptieren. Sie hängen sehr an ihrer Mutter und haben ihren Tod nie ganz überwunden. Aber bitte, das ist doch kein Grund, Charlotte umbringen zu wollen!"

„Und was für ein Verhältnis haben Frau Driesig und das Mädchen, Frau Mindensen?"

„Ein sehr gutes, wie ich finde. Marie ist uns gegenüber sehr loyal und seit Jahren treu zu Diensten. Es gibt für sie überhaupt keinen Grund, etwas Derartiges zu unternehmen."

Er hat wenig Gespür für das, was um ihn herum geschieht, dachte sich Martin. Dass Marie in ihn verliebt und sie eifersüchtig auf Charlotte ist, das hätte er doch wissen müssen. Oder verschweigt er es einfach nur?

„Was ist mit Frau Schönlein?", bohrte Frank weiter.

„Veronika ist seit vielen Jahren oft bei uns in der Familie. Ihre Eltern verstarben bei einem Autounfall. Wir haben sie in unser Herz geschlossen und ich behandle sie wie meine eigene Tochter. Hören Sie, es kann unmöglich jemand aus der Familie gewesen sein. Wir sind zu eng miteinander verbunden, als dass so etwas Böses hier geschehen könnte."

„Nun gut, Herr von Breidenfall. Vorerst habe ich keine weiteren Fragen. Wenn Veronika Schönlein hier auftaucht, dann möchten wir sie als erstes sprechen."

„Veronika kommt?"

„Sie müsste jeden Augenblick hier auftauchen."

Rolfs Gesicht erhellte sich. „Sehr wohl, ich werde sie zu Ihnen schicken." Mit diesen Worten verließ er das Arbeitszimmer.

Nach einer Weile des Schweigens begann Martin langsam und nachdenklich: „Ein mögliches Motiv für den Mord könnten Eifersucht und Liebe sein. Das haben wir herausgefunden und daran denke ich die ganze Zeit.

Aber, und das scheint mir auch möglich, es gibt noch ein anderes, greifbareres Motiv."

Frank drehte sich ihm zu und kniff die Augen zusammen.

„Es könnte sich auch um Geld handeln. Rolf von Breidenfall ist ein vermögender Mann. Wenn Charlotte Driesig ihn heiratet, dann wird ein Teil des Familienvermögens an sie gehen."

Frank hob den Kopf und sprach: „Stimmt, sehr gut. Und die Kinder verlieren einen Teil ihres Erbes."

„Dann rücken die Kinder also in den Vordergrund?", fragte Schubert.

„So könnte es sein", schloss Martin.

Es klopfte an die Tür. Veronika steckte den Kopf hindurch. Als sie Martin sah, lächelte sie warm. „Sie wollten mich etwas fragen?"

„Ja bitte, kommen Sie doch herein."

Veronika kam herein und setzte sich auf den Stuhl, den ihr der Kommissar wies.

„Frau Schönlein, Sie erzählten uns, dass Sie morgens nie Kuchen essen und sich Lena und Marcus generell nichts aus Kuchen machen. Ist das richtig?"

„Ja, das ist richtig. Das habe ich Ihnen ja schon erzählt."

„Ist dies allen im Haus bekannt?"

Veronika runzelte die Stirn. Sie überlegte und gab dann als Antwort: „Ich denke schon. Gesprochen haben wir nicht darüber, aber ich selbst habe beim Frühstück nie ein Stück gegessen. Das muss den anderen aufgefallen sein. Und Marcus und Lena aßen auch nie eins. Nur Charlotte und vielleicht Rolf, aber der war ja nicht da."

„Was ist mit dem Mädchen?"

„Marie isst niemals etwas von unserem Frühstück. Nur, wenn sie dazu eingeladen wird."

Frank nickte. Also war es so gewesen, der Anschlag galt Frau Driesig. Daran hatte er keinen Zweifel mehr.

„Frau Schönlein. Das Gift war auf den Kuchen gestreut worden. Haben Sie eine Vorstellung, wer das getan haben könnte?"

Veronika atmete erleichtert. Sie stand offenbar nicht unter Verdacht, denn wenn sie hätte Charlotte vergiften wollen, dann hätte sie das Gift höchstwahrscheinlich mit eingebacken und nicht einfach nur darüber gestreut. „Das kann ich Ihnen nicht sagen. Es ist vollkommen unvorstellbar, dass es einer im Haus war."

„Wer hätte die Möglichkeit gehabt, den Kuchen zu präparieren?"

Veronika überlegte. „Alle hätten in die Küche gehen können, während ich bei Rolf im Arbeitszimmer war. Marie hätte ihn ganz leicht vergiften können, auch Lena oder Marcus hätten sich hinunterstehlen können, während Marie im Esszimmer war."

„Sie haben also nichts gesehen? Oder etwas Ungewöhnliches beobachtet?"

„Nein. Ich sah nur Charlotte in der Halle, als ich aus dem Arbeitszimmer kam. Als sie mich sah, kam sie sofort freudestrahlend auf mich zu. Und was dann geschah, das wissen Sie ja."

„Ja, das wissen wir. Haben Sie vielen Dank, Frau Schönlein. Sie können jetzt gehen. Schicken Sie uns bitte Frau Lena von Breidenfall herein."

„Sehr wohl. Das mache ich." Im Hinausgehen strich sie Martin sanft über die Schulter. Dieser lächelte sie an und seine Hand berührte kurz die ihre. Dann blieb die Gruppe still sitzen. Jeder machte sich seine eigenen Gedanken. Der Kreis der Verdächtigen war auf drei Personen beschränkt worden, wenn man Rolf von Breidenfall und einen Fremden ausschließen würde. Diese beiden Möglichkeiten schienen zu vage und nicht sehr realistisch zu sein. Rolf von Breidenfall hatte kein

Motiv und wie sollte sich ein Außenstehender Zutritt zur Küche verschafft haben. Logisch gesehen musste es einer der drei Verdächtigen sein.

Es klopfte leise an die Türe. Frank öffnete sie und bat Lena herein. Diese machte einen sehr eingeschüchterten Eindruck. Ihr Blick wechselte nervös von einem zu andern. Ihre Haltung war etwas gebeugt und ihre Hände waren angespannt. Lena setzte sich auf den Stuhl und wartete, bis sie gefragt wurde.

„Frau von Breidenfall, wir haben nun die sichere Erkenntnis, dass das Gift, das Frau Driesig zu sich genommen hat, auf dem Kuchen war, den Frau Schönlein gebracht hatte."

Lenas Augen weiteten sich.

„Jedoch sind wir zur Annahme gekommen, dass das Gift nachträglich auf den fertig gebackenen Kuchen gestreut wurde. Nämlich zwischen dem Hereinbringen und dem Frühstück. Es handelt sich dabei um eine Spanne von zehn bis fünfzehn Minuten. In dieser Zeit stand der Kuchen unbeaufsichtigt in der Küche."

Lena blickte zu Boden und sagte nichts. Sie machte den Eindruck, dass sie unaufhörlich nachdachte.

„Ist Ihnen in dieser Zeit etwas Besonderes aufgefallen?"

Lena schaute die Kommissare angstvoll an.

Frank wiederholte seine Frage: „Frau von Breidenfall, ist Ihnen in dieser Zeit etwas Wichtiges aufgefallen?"

Lena räusperte sich. Mit belegter Stimme sagte sie: „Nein, ich habe nur die Türglocke gehört und Veronikas und Maries Stimmen vernommen."

„Warum sind Sie denn nicht herunter gegangen, als Sie die Stimme von Veronika hörten?"

„Ich schrieb gerade in meinem Tagebuch und ich wollte meinen Gedanken noch zu Ende bringen." Wieder räusperte sie sich. Sie fixierte mit ihren Augen einen Punkt an der Wand hinter Kommissar Frank.

Martin sah sie eindringlich an. Er hatte das Gefühl, dass sie ihnen etwas verheimlichte und sie nicht die Wahrheit sagte. Frank ging im Arbeitszimmer auf und ab. Dann fuhr er fort: „Frau von Breidenfall, Sie machen auf mich einen sehr angespannten und nervösen Eindruck."

Lena blickte ihn mit großen Augen an.

„Wenn Sie uns etwas verheimlichen oder nicht die Wahrheit sagen, dann können Sie sich damit strafbar machen. Wussten Sie das?"

Sie schüttelte langsam den Kopf.

Frank erhob seine Stimme: „Also, was geschah, nachdem Frau Schönlein hereingekommen war?"

Lena vergrub ihr Gesicht in ihren Händen und fing an zu weinen. Ganz leise sagte sie mit tränenerstickter Stimme: „Ich habe Marcus gesehen."

„Sie haben Marcus von Breidenfall gesehen, Ihren Bruder?"

Lena nickte.

„Wann?"

„Kurz nachdem Veronika herein kam. Er lehnte an das Geländer in der Halle und blickte hinunter."

„Und haben Sie mit ihm gesprochen?"

Sie schluckte: „Ja, ich ging zu ihm. Er informierte mich, dass Veronika gekommen sei. Und wir bald zum Frühstück hinuntergehen mussten."

„Und was haben Sie dann gemacht?"

„Ich wollte wieder in mein Zimmer gehen, um an meinem Tagebuch weiter zu schreiben. Da drehte ich mich noch einmal um und sah, wie er bewegungslos da stand und hinunterblickte."

Frank musterte Lena. „Und haben Sie dann weitergeschrieben?"

„Ja, ich ging dann in mein Zimmer, schloss die Türe und schrieb weiter."

„Und was machte ihr Bruder?"

Lena atmete tief: „Ich weiß es nicht. Ich hörte eine Tür zuschnappen. Ich dachte, Marcus sei wieder in sein Zimmer gegangen." Leise fügte sie hinzu: „Ich kann es aber nicht mit Sicherheit sagen."

Frank nickte. Er hatte das Gefühl, dass Lena nun die Wahrheit gesagt hatte. Sie war wahrscheinlich deswegen so nervös, weil sie mit ihrer Aussage ihren Bruder in den Mittelpunkt rückte. Marcus hatte Veronika also beobachtet. Er hätte in dem Moment, als er den Kuchen sah, den Plan gefasst haben können, Charlotte zu vergiften. Dies wäre vielleicht schon lange geplant gewesen, nun hätte er dazu die Möglichkeit gehabt. Er könnte hinunter gegangen sein und unbemerkt den Kuchen vergiftet haben. In Franks Kopf zeichnete sich ein ganz deutliches Bild ab.

„Vielen Dank Frau von Breidenfall. Wir werden nun mit Ihrem Bruder sprechen."

Lena stand stumm auf und ging langsam Richtung Tür. Kurz bevor sie das Zimmer verlassen hatte, drehte sie sich nochmals um: „Was werden Sie mit meinem Bruder tun?"

„Vorerst nichts. Wir werden uns mit ihm unterhalten."

Lena nickte und schloss die Tür von außen. Wieder schwiegen die drei im Arbeitszimmer. Jeder dachte für sich über den Anschlag und die Umstände nach. Es blieben jetzt nur noch Marcus und Marie. Dann hatten sie alle verhört. Unruhig ging Frank auf und ab. Es schien so, als ob er nicht zufrieden wäre mit den Ergebnissen, die sie in der Zwischenzeit erzielt hatten. Die Anspannung war ihm anzumerken. Ab und an schüttelte er den Kopf. Schubert las ruhig in ihren Aufzeichnungen. Martin war der stille Beobachter, es war von ihm allenfalls ein leises Geräusch zu vernehmen, manchmal zuckte sein Kopf.

Ohne anzuklopfen öffnete sich die Tür und Marcus kam herein. Er ging aufrechten Gangs, zielgerichtet auf den leeren Stuhl zu und setzte sich hin. Seine Arme verschränkte er vor seiner Brust. Ernst schaute er geradeaus auf die Wand. Kommissar Frank staunte über sein unhöfliches, fast schon provokantes Verhalten.

Nach einer kurzen Begrüßung beschrieb Frank Marcus die Umstände des vergifteten Kuchens. Nachdem er erläuterte, dass nun jeder, der sich im Haus befand, als Täter in Frage käme, glitt ein kleines, fast unmerkliches Lächeln über Marcus Gesicht. Ganz verwundert fragte Frank: „Herr von Breidenfall, finden Sie es lustig, dass Sie und Ihre Schwester unter dringenden Mordverdacht stehen? Sie scheinen den Ernst der Lage nicht begriffen zu haben!"

„Wer behauptet, dass es einer von uns war?", Marcus blickte mit hochgezogenen Augenbrauen zu Frank.

„Das beweisen die Tatsachen. Sie lassen keinen anderen Schluss zu."

„Ich bin mir keiner Schuld bewusst." Wieder blickte er nüchtern gerade aus.

Frank kam ganz dicht an ihn heran: „Sie wurden gesehen, wie Sie Veronika mit dem Kuchen beobachteten, als sie zur Tür herein kam."

„Wer sagt das?"

„Ihre Schwester", meinte Frank knapp.

„Ich habe sie kommen sehen. Das ist richtig. Und das ist kein Verbrechen", sagte Marcus wahrheitsgemäß.

Frank beschrieb Marcus seine Theorie, dass er die einmalige Chance genutzt haben, hinuntergegangen sein und den Kuchen vergiftet haben könnte. Marcus lächelte ihn daraufhin an.

„Haben Sie dafür Beweise?", fragte er schließlich.

„Noch nicht, Herr von Breidenfall."

„Also, was soll das dann mit diesen Anschuldigungen. Ich habe nichts Unrechtes getan. Charlotte habe ich nicht vergiftet und die anderen Männer auch nicht umgebracht. Sie müssen schon Beweise vorlegen, bevor Sie jemanden anklagen. Wenn sie nun keine weiteren Fragen an mich haben und davon gehe ich aus, dann werde ich mich nun entschuldigen."

Mit diesen Worten stand er auf und verließ ganz selbstbewusst den Raum. Frank konnte im ersten Moment nichts sagen. Nachdem er tief durchgeatmet hatte, machte er seiner schlechten Laune Luft. Er schlug auf die Schreibtischplatte und rief: „Das kann doch nicht wahr sein! So etwas ist mir noch nie passiert. Na warte Bürschchen, wenn du nur irgendetwas zu verheimlichen hast, ich werde es herausfinden!"

Schubert versuchte, ihn daraufhin zu beruhigen und meinte, dass es überall flegelhafte Menschen gab und man sich nicht zu lange mit ihnen beschäftigen sollte. Sie schlug vor, sich lieber wieder dem Fall zuzuwenden und zu überlegen, wie sie mit Marie, dem Mädchen, reden sollten.

Martin schlug vor, Marie in der Küche aufzusuchen, um sich ein Bild davon zu machen, wo der Kuchen gestanden hatte. Sie verließen das Arbeitszimmer und lenkten ihre Schritte durch die Halle in Richtung Küche. Marie war gerade damit beschäftigt, das Abendessen vorzubereiten. Sie knetete mit hochgekrempelten Ärmeln einen Hefeteig. „Verzeihen Sie die Störung, Frau Mindensen, wir hätten ein paar Fragen an Sie", begann Frank wieder beruhigt und höflich. „Kurz bevor Frau Driesig vergiftet wurde, stellten Sie den Kuchen in der Küche ab. Ist das richtig?"

Marie bestätigte.

„Können Sie uns sagen, wo Sie ihn genau abstellten?"

Marie zeigte auf eine Ablage einer alten Anrichte nahe der Küchentüre.

„Schildern Sie uns bitte, was genau geschah, nachdem der Kuchen hier abgestellt wurde."

Sie hörte für einen Moment auf zu kneten. „Nun, ich richtete meine beiden Tabletts. Eins mit dem Geschirr darauf und das andere mit Brot, den Aufstrichen und dem Müsli für Lena. Ich ging dann ins Esszimmer, um dort den Tisch zu decken und alles vorzubereiten."

„Wie lange dauerte das Tischdecken?"

„Vielleicht zehn Minuten, würde ich schätzen."

„Und was passierte dann?"

„Ich ging zurück in die Küche und schnitt den Kuchen auf. Ich nahm ihn und die Kanne mit dem frisch aufgebrühten Kaffee und stellte sie im Esszimmer ab. In der Zwischenzeit waren bereits Charlotte und Veronika gekommen."

„Haben Sie irgendjemand in die Küche gehen sehen?", wollte Frank wissen.

„Nein, ich habe niemanden gesehen, aber wenn ich mich genau erinnere", Marie brach ab und sah den Kommissar fragend an.

„Ja?"

„Dann war die Küchentüre plötzlich offen. Ja richtig, ich erinnere mich." Sie blickte ihn verständnislos an.

„Sie glauben also, es ist jemand in der Zwischenzeit herein gekommen?"

„Ja, ich glaube schon. Aber was hat das zu bedeuten?"

Frank schaute Schubert siegessicher an. Es war genauso, wie er gehofft hatte. „Vielen Dank, Frau Mindensen, für Ihre Mithilfe", sagte er freundlich. „Falls hier etwas Außergewöhnliches passiert, lassen Sie es uns sofort wissen." Schnellen Schrittes verließen sie die Küche. In der Halle tätigte Kommissar Frank einen Anruf. Er bestellte einen Streifenwagen mit zwei Polizisten. Schubert bekräftigte Frank in seinem Vorhaben. Martin hörte gespannt zu, er beobachtete und sagte nichts dazu.

„Wir werden schon sehen, wer am Ende lacht", meinte Frank zu Schubert und Martin.

In diesem Moment trat Rolf in die Halle. Er war verunsichert, weil die Kommissare und Martin immer noch im Haus waren.

„Herr von Breidenfall", sprach Frank, „jeden Moment können meine Kollegen hier eintreffen. Wir werden Ihren Sohn verhaften. Er steht in dringendem Verdacht, Ihre Verlobte vergiftet zu haben."

Rolf konnte nicht glauben, was der Kommissar eben gesagt hatte. „Meinen Sohn? Ja sind Sie von allen guten Geistern verlassen?" Seine Hände begannen zu zittern. „Sie wissen ja nicht, was Sie da reden!"

„Er hatte ein Motiv und auch die Möglichkeit."

„Ich bitte Sie, seien Sie vernünftig!" Rolf flehte den Kommissar an.

„Was er mit den anderen Morden zu tun hat, das werden wir noch herausfinden. Seien Sie sicher, dass wir alles genauestens ermittelt haben."

Rolf konnte nicht fassen, was der Kommissar sprach. Er blickte nach oben. Lena stand weinend am Geländer, Marcus daneben. Stoisch und ruhig. Er hielt Lena im Arm.

Dann, keine zehn Minuten später, klingelte es. Kommissar Frank öffnete. Er wies die Polizisten an, Marcus, der immer noch im oberen Stock an der Brüstung stand, zu verhaften. Die Polizisten taten ihre Arbeit. Marcus ließ sich ohne eine Spur von Gegenwehr abführen. Lena, die mit den Polizisten nach unten gelaufen kam, lief zu ihrem Vater und suchte Trost in seinen Armen. Marie, die eben aus der Küche kam, blickte misstrauisch dem Geschehen zu. Marcus wurde nach draußen begleitet und in den Streifenwagen gesetzt. Schnell fuhr der Wagen fort. Kommissar Frank verabschiedete sich von Rolf und sagte, dass sie wieder kommen würden, sobald sie etwas Genaueres herausgefunden oder ein Geständnis von Marcus bekommen hätten. Frank, Schubert und Martin liefen zu Franks Auto. Während dem Einsteigen sah sich Martin noch einmal um. Er sah drei Personen. Vater und Tochter hielten und stützten sich gegenseitig und Marie hatte einen erschütternden Gesichtsausdruck. Arme Familie, dachte Martin, wie viel Leid und Schmerz mussten sie in den letzten Jahren seit dem Tod der geliebten Mutter ertragen. Und nun wurde der Sohn abgeführt. Mitfühlend stieg er ins Auto.

18

Martin schlief die Nacht nicht so gut. Nachdem er aufgestanden war, fühlte er sich matt und verspannt. Die ganze Zeit gingen ihm die Worte Franks durch den Kopf und die einzelnen Verhöre. Er schien sich sicher zu sein, als er Marcus verhaftete. Es musste Marcus sein. Martin trank eine Tasse heißen Kaffee. Hunger hatte er keinen. Marcus. Alle drei Verbrechen mussten genau zusammen passen. Würden Fragen offen bleiben, dann würde etwas nicht stimmen. Heftig zuckte er mit dem Kopf. Es könnte so gewesen sein, dachte er, dass Marcus von den beiden Männern erpresst wurde und er sie dann nacheinander ermordet hatte. Aber welchen Grund hatten Daniel Hellter und André Sterter gehabt, ihn zu erpressen? Er sah nichts Schwerwiegendes, nichts Negatives, was ihm aufgefallen war. Nichts an Marcus bot eine Angriffsfläche. Unzufrieden ging er in seiner Wohnung auf und ab. Für den Mordanschlag an Charlotte hatte er die Möglichkeit und auch ein Motiv. Das stimmte. Aber der Rest? Martin konnte nicht klar denken. Er beschloss in den Stadtgarten zu fahren und etwas spazieren zu gehen. Dort angekommen lief er am größeren Teil des Stadtgartensees entlang. Immer wieder dachte er an Marcus. Dann blieb er stehen und entschied, noch einmal alle Fakten von Beginn an zu ordnen. Daniel Hellter wurde mit einem Kuchen vergiftet. Denk nach, Martin. Was ist dir an diesem Tag aufgefallen? Seine Augen blitzten. Da kam ihm die Person in den Sinn, die am Mordtag auf der Straße davon gelaufen war. Ja, eine blonde Person mit schwarzer Jacke. Das musste etwas zu bedeuten haben. Er oder sie war möglicherweise der Mörder. Daniel hatte einen Plan, den er mit André Sterter teilte. Es ging um Geld. Deswegen wurde er umgebracht. Nachdem er gestorben war, versuchte André sein Glück. Er musste ebenso sterben. Martin atmete schwer. Niemand sah, wer an der Verlobungsfeier zu André ins Zimmer ging. Das musste ein großes Risiko für den Mörder gewesen oder es musste genau geplant worden sein. Er stieß ein lautes „Pah" aus. Zwanghaft durchdachte er die ganze Feier. Immer wieder kamen ihm die Wortfetzen in den Sinn, die er aufgeschnappt hatte. Aber ihm fiel weiter nichts auf. Kein Puzzlestück, das zu den anderen passen könnte.

Unzufrieden mit sich selbst lief er ein Stück weiter. Er setzte sich an der Seebühne auf einen Stuhl und dachte an Veronika. Wie schön der Tag war, an dem sie beide hier gewesen waren. Und wie wohl er sich mit ihr fühlte.

Dann überlegte er weiter. Frank lud ihn ein in die Wohnung von André Sterter. Da war etwas, was seine Aufmerksamkeit erregte. Denk nach, was war es noch einmal? Er ging in Gedanken die Wohnung ab. Da, plötzlich kam es ihm in den Sinn. Er sah die Pinnwand vor Augen und das Prospekt von Ägypten. Direkt darüber hing ein Zettel mit einem Namen darauf. Wie lautete er noch gleich? Er hatte ihn sich eingeprägt: „Harata Karahina", sagte er leise vor sich hin. Er wiederholte den Namen zwanghaft mehrere Male. Er musste etwas zu bedeuten haben. Sonst wäre der Zettel nicht mit dem Prospekt angepinnt worden sein. Woher kam dieser Name und was hatte er zu bedeuten? Martin dachte angestrengt nach. Seine Augenbrauen hoben sich fragend. Dann erinnerte er sich an etwas, was Veronika ihm erzählt hatte und was Frank über Daniel Hellter berichtet hatte. Sollte das ein Zufall sein? Aber, das kann doch nicht wahr sein? Er blieb mehrere Minuten unbewegt sitzen und starrte in die Luft. In seinem Kopf fügte sich das Puzzle Teil für Teil zusammen. So muss es gewesen sein, dachte er sich. Es gibt keine andere Möglichkeit. Wie dumm war ich, dass ich das nicht früher gesehen habe, dachte er bei sich.

Schnell lief er zu seinem Auto zurück und fuhr nach Hause. Zu Hause angekommen fuhr er seinen Laptop hoch und googelte etwas. Nachdem er gefunden hatte, was er suchte, lehnte er sich zurück und sah gedankenvoll vor sich hin.

Er sagte schließlich: „Ich muss Veronika anrufen."

19

Die Tür öffnete sich und Rolf kam mit Charlotte nach Hause. Sie hatten eine große Reisetasche bei sich, die er Charlotte für den Aufenthalt im Krankenhaus gepackt hatte. Marie nahm die Tasche entgegen. Rolf strahlte sie an und sagte, dass Charlotte sich noch schonen müsse, sie aber unbeschadet aus dem Krankenhaus entlassen sei. Marie war erleichtert und begrüßte Charlotte herzlich.

„So, und nun musst du dich noch schonen, Liebling. Wie wäre es, wenn du dich auf die Couch legst und ich dir etwas zu trinken bringe?"

„Das wäre sehr nett von dir."

Er führte Charlotte ins Wohnzimmer und verschwand gleich darauf in der Küche. Lena kam herein und sagte: „Hallo Charlotte. Ich freue mich, dass es dir wieder besser geht. Das wollte niemand hier, dass dir das passiert."

Charlotte blickte Lena forschend an: „Und was ist mit Marcus?"

„Ich bin mir sicher, dass er es nicht getan hat."

„Wie kannst du dir sicher sein, nach all dem, was hier passiert ist?"

„Wir kennen uns sehr gut. Ich weiß, dass er dazu nicht im Stande wäre."

Charlotte blickte zu Boden. „Ich weiß, dass ihr mich nicht mögt. Ich habe alles versucht, eure Liebe zu gewinnen, aber ich bin nicht an euch heran gekommen."

„Es tut mir Leid", gab Lena zu. „Vielleicht haben wir dir nie eine echte Chance gegeben."

Rolf kam mit den Getränken herein. Er kümmerte sich rührend um Charlotte.

„Ich bin so froh, dass du wieder hier bist", begann er. „Und wegen Marcus werde ich alles unternehmen, dass er nicht verurteilt wird. Ich werde den besten Anwalt engagieren. Lena und ich sind sicher, dass er es nicht getan hat."

„Rolf, ich habe solche Angst. Wer könnte das denn getan haben?"

„Wir wissen es nicht. Die Polizei wird ihr Bestes tun, den Fall aufzuklären."

Da klingelte es an der Tür. Marie öffnete und ließ Veronika herein. Diese schritt schnellen Fußes ins Wohnzimmer, in dem die Familie saß.

„Charlotte!", rief sie. „Schön, dass du wieder hier bist!" Beide Frauen umarmten sich innig. „Rolf erzählte es mir, dass er dich heute abholen könne. Da bin ich gleich gekommen. Erzähle, wie ist es dir ergangen?"

Charlotte erzählte der Familie von ihrem Aufenthalt im Krankenhaus. Von dem guten Essen und den netten Krankenschwestern. Alles in Allem erging es ihr dort sehr gut. Und Gott sei Dank, waren auch keine bleibenden Schäden zurückgeblieben. Veronika lehnte sich zurück und lächelte. Dann bekam ihr Gesicht etwas Ernstes. „Wegen Marcus müssen wir noch einmal miteinander reden. Ich denke nicht, dass er es getan hat."

„Das ist ganz meine Meinung", bekräftigte Rolf Veronikas Meinung.

„Es muss jemand anderes gewesen sein. Ich will euch etwas fragen: Sagt euch der Name `Harata Karahina´ etwas?

Rolf schaute Veronika ungläubig an. „Nein, ich habe den Namen noch nie gehört. Wer soll das sein?"

„Ich weiß es noch nicht, aber ich werde es herausfinden. Irgendetwas hat dieser Name mit den Morden zu tun."

Charlotte hob die Brauen und zuckte mit den Schultern. „Ich kann dir da leider nicht weiterhelfen, Veronika."

„Ich auch nicht", warf Lena ein.

169

„Nun gut. In jedem Fall siehst du gut aus und ich freue mich sehr, dass du wieder hier bist." Sie gab Charlotte einen Kuss auf die Wange und stand auf. So schnell, wie sie gekommen war, genauso schnell ging sie wieder. „Ich muss mich beeilen. Ich wollte nur kurz vorbei schauen und sehen, wie es dir geht. Ich habe eine Schulgruppe in der Kunsthalle zu betreuen. Ich muss fliegen." Mit diesen Worten verschwand sie in der Tür.

Es war ein aufregender Tag gewesen. Veronika saß nun am Abend in der Küche ihrer Wohnung in der Kurfürstenstraße und las ein Buch. Martin hatte es ihr empfohlen. Es war ein Hercule Poirot-Krimi von Agatha Christie mit dem Titel `Das Eulenhaus´. Da hörte sie ein Auto vorfahren. Sie legte das Buch zur Seite und schaute durch die Gardine aus dem Fenster.

20

Am nächsten Abend standen Kommissar Frank, Kommissarin Schubert, Veronika und Martin vor dem Haus der von Breidenfalls. Die Gruppe wurde in die Halle hineingeführt.

„Ach, Frau Mindensen", sagte Kommissar Frank zu dem Mädchen, „wären Sie so freundlich die Familie in das Wohnzimmer zu bitten. Wir würden uns gerne ausführlich mit Ihnen unterhalten."

„Sehr wohl", bestätigte Marie.

Die Tür ins Wohnzimmer wurde geöffnet und die vier traten ein. Auf der Couch lag Charlotte. Als sie Veronika sah, bekam sie einen erschrockenen Ausdruck. Schnell setzte sie sich aufrecht hin. „Bitte verzeihen Sie, Frau Driesig", sagte Frank, „wir möchten ein paar Worte an sie alle richten. Wir werden beginnen, wenn die Familie vollzählig ist."

„Natürlich", Charlotte nickte. Ihr Blick glitt wieder hinüber zu Veronika. Veronika schaute verlegen auf den Boden.

Martin, Kommissar Frank und Kommissarin Schubert setzten sich. Es lag eine Stille über dem Raum. Nur das Knistern des Kamins konnte man vernehmen.

Nacheinander kam die Familie zusammen. Rolf von Breidenfall setzte sich neben seine Verlobte auf die Couch, Lena von Breidenfall auf einen Sessel daneben.

„Ach bitte, Frau Mindensen, es wäre gut, wenn Sie ebenso an dieser Runde teilnehmen würden."

Überrascht und etwas erschrocken blieb das Mädchen in der Tür stehen. Nachdem Kommissar Frank ihr einen Platz wies, stand Martin auf und begann langsam zu sprechen:

„Herr von Breidenfall, wir möchten Ihnen und Ihrer Familie mitteilen, dass ich nun weiß, wer die Morde und den Anschlag auf Ihre Frau verübt hat."

Rolf schluckte und würdigte diese Aussage mit einem Nicken. „Bitte, erklären Sie uns was genau geschehen ist. Ich möchte wissen, wer die armen Männer umgebracht und Charlotte vergiftet hat. Außerdem", er stockte kurz, „möchte ich meinen Sohn frei von jeglicher Schuld wissen."

„Wieso redet Herr Fennberg, der Fotograf, und nicht Sie?", fragte Lena verwundert Kommissar Frank.

„Weil Herr Fennberg auf die Spur des Mörders gekommen ist. Nur er weiß bis jetzt, wer es getan hat", antwortete Frank. „Und wir alle wollen seine Rückschlüsse und seine Gedankengänge nachverfolgen."

Lena blickte ungläubig auf Martin, der gerade in diesem Augenblick den Mund weit aufriss und ein Geräusch ausstieß. Veronika schmunzelte bei seinem Anblick.

„Bitte, Herr Fennberg, beginnen Sie. Wir sind sehr gespannt", bat der Kommissar.

Martin räusperte sich. „Nun ja. Wir sind von Anfang an davon ausgegangen, dass die beiden Morde und der Mordanschlag auf Frau Driesig nicht getrennt betrachtet werden konnten, sondern zusammen gehörten. Dass ein und derselbe Täter für alle drei Verbrechen verantwortlich war. Das war die Voraussetzung. Es war jedoch zunächst sehr schwierig für die ersten beiden Morde ein stichhaltiges Motiv zu erkennen, also nahmen wir uns den Mordversuch an Frau Driesig vor. Hier gab es einige greifbare Motive und auch die näheren Umstände konnten gut herausgearbeitet werden, weil der Mordversuch hier im Haus geschah und nur wenige dafür in Frage kamen. Sehen wir uns die Motive an. Die erste Ehefrau von Herrn Breidenfall starb an einem Krebsleiden. Das Leben der beiden Kinder Lena und Marcus änderten sich daraufhin schlagartig. Beide haben den Tod ihrer Mutter bis heute nicht überwunden. Marcus ist in psychologischer Behandlung und seitdem arbeitsunfähig, Lena hat einige Versuche unternommen, diverse Ausbildungen zu absolvieren, ist aber kläglich gescheitert."

Lena schluckte und bekam feuchte Augen. Was redete dieser Herr Fennberg über ihre geliebte Mutter, dachte sie. Und wie hässlich beschrieb er ihr jetziges Leben.

„Beide Kinder vermissten ihre verstorbene Mutter. Und dann, wenige Jahre später, trat Charlotte Driesig in ihr Leben." Er zeigte auf sie und lächelte ihr zu. „Sie wollte den Platz ihrer geliebten Mutter einnehmen. Lena und Marcus ließen ihr keine Chance, ein inniges Verhältnis aufzubauen. Sie lehnten jeden näheren Kontakt ab. Dann aber gestaltete sich die Beziehung von Frau Driesig und Herr von Breidenfall enger und beide hegten den Wunsch, sich zu verheiraten. Vielleicht konnten und wollten dies die beiden Kinder nicht akzeptieren. Zu hart war dieser Schicksalsschlag."

Er machte eine kurze Pause und setzte von neuem an: „Das könnte ein mögliches Motiv für den Anschlag an Frau Driesig gewesen sein. Zudem kommt hier hinzu noch die Tatsache, dass Lena und Marcus finanziell auf Herrn von Breidenfall angewiesen sind und auch in Zukunft sein werden. Würde Frau von Driesig einheiraten, so müssten die Kinder ihr Erbe mit ihr teilen. Das könnte ein zweites Motiv und vielleicht noch stichhaltiger sein als das erste."

Lena bekam einen ängstlichen Gesichtsausdruck. Alles, was dieser Mann hier so sachlich vortrug, hörte sich wahr und nachvollziehbar an.

„An dem Tag, als der Mordanschlag verübt wurde, konnte ausgeschlossen werden, dass Veronika den Kuchen vergiftet hatte, da das Gift nicht eingebacken, sondern nur darauf gestreut wurde. Es blieben also nur Marie, zu ihr komme ich später, oder Lena und Marcus als mögliche Täter. Beide standen oben an der Brüstung und sahen, wie der Kuchen gebracht wurde. Es wäre für beide ein Einfaches gewesen, unbemerkt hinunter zu schlüpfen und den Kuchen vergiftet zu haben."

„Aber ich habe es nicht getan!"

„Und ihr Bruder? Er wurde verhaftet und schweigt seitdem."

„Ich weiß es nicht", Lena weinte. „Ich weiß es nicht!"

Rolf konnte es nicht glauben, was Martin vortrug. Er schüttelte empört den Kopf.

„Aber, wie ich bereits eingangs erwähnte: Alle drei Verbrechen mussten zusammenhängen. Und es war schwierig, bei Marcus oder Lena ein Motiv für die beiden Morde zu erkennen. Vielleicht spielte eine Erpressung dabei eine Rolle, das könnte sein, aber selbst da gab es keine Hinweise auf eine mögliche Angriffsfläche. Es war mir unmöglich herauszufinden, mit was Lena oder Marcus erpresst worden sein könnten. Nach langem Überlegen und aus Mangel an Beweisen kam ich zu dem Entschluss, dass weder Marcus noch Lena für eines der Verbrechen verantwortlich waren."

Frank und Schubert sahen sich erstaunt und etwas ungläubig an. Rolf atmete erleichtert auf. „Ich danke Ihnen, Herr Fennberg. Was geschieht nun mit meinem Sohn?"

„Herr Frank wird sicherlich die Anweisung geben, ihn frei zu lassen, nachdem wir mit unserem Gespräch zu Ende sind und der Mordfall aufgeklärt wurde."

„Sicher, Herr von Breidenfall, das werde ich sofort veranlassen", bestätigte Frank.

„Reden wir nun über das Mädchen Frau Mindensen. Frau Mindensen ist mir gleich zu Beginn aufgefallen, als ich das erste Mal das Haus betrat. Sie war sehr professionell, höflich und schien ihrer Familie loyal zu sein. Ein Glücksfall für jede Familie." Er lächelte Marie liebenswürdig an. Diese wurde rot und schaute verlegen auf den Boden. „Doch an der Verlobungsfeier fiel mir sofort auf, dass ihre Blicke etwas anderes sprachen. Anstelle Loyalität und Professionalität und einem angebracht demütigen Blick, sah ich zum einen Traurigkeit, zum anderen Begehren in ihren Augen. Sie war begeistert von ihrem Arbeitgeber, Herrn von Breidenfall, ja sie himmelte ihn förmlich an. Ihre Blicke und Körperhaltungen verrieten dies. Vermutlich war sie schon seit Jahren in ihn verliebt."

„Aber Marie. Ich hatte keine Ahnung", gab Rolf erstaunt zu.

Marie schüttelte nur zaghaft den Kopf, als ob sie sagen wollte: Alles ist gut, ich verzeihe dir. Charlotte sah streng zu Marie hinüber. Sie konnte es nicht fassen, was sie da hörte.

„Am Tag der Verlobung erging es ihr ähnlich, wie Lena und Marcus. Jetzt, da sie offiziell ihre Liebe verkündeten, wurde ihr bewusst, dass sie ihren geliebten Rolf an Charlotte verlieren würde. Sie musste also handeln. Es wäre für sie ein Einfaches gewesen, den Kuchen zu vergiften, denn sie stellte ihn ja in der Küche ab, schnitt ihn auf und trug ihn ins Esszimmer. Es hätte also Marie sein können."

„Aber bitte, Herr Fennberg, ich war es nicht. Ich wäre niemals dazu im Stande gewesen!" Marie versuchte sich zu verteidigen.

„Vielleicht doch. Denn der zweite Mord geschah auf Ihrem Balkon. Sie hätten sich mit Herrn Sterter auf Ihrem Balkon treffen und ihn hinunterstoßen können."

Marie riss weit die Augen auf. Sie konnte diesem Vorwurf nichts entgegenbringen.

„Aber, wie ebenfalls bei Lena und Marcus, konnte ich kein Motiv erkennen. Es gab keine Verbindung zwischen den beiden Toten und Ihnen. Nichts deutete darauf hin, dass Sie die beiden Männer kannten. Also ließ ich diese Spur wieder fallen und ging an den Ausgangspunkt zurück."

Martin machte eine lange Pause. Engagiert ging er an der Stirnseite des Wohnzimmerns auf und ab. Dann begann er von neuem: „Daniel Hellter und André Sterter hatten einen Plan. Dabei ging es offenbar um viel Geld. Das beweist die Goldkette, die Herr Sterter am Todestag seiner Freundin schenkte und der Plan, mit ihr eine teure Reise zu buchen, die sie sich sonst nicht leisten konnten. Er erwartete also eine größere Summe Geld. Angenommen, sie wollten eine Person hier im Raum erpressen, was würden sie getan haben?"

„Sie würden Kontakt zu der Person aufgenommen haben", warf Frank ein.

„Richtig und das taten sie auch. Zunächst Herr Hellter, später dann Herr Sterter. Dafür gibt es Hinweise. Da gab es diese anonymen Anrufe, erinnern Sie sich, von denen Rolf von Breidenfall erzählte. Diese beweisen, dass es tatsächlich um eine Erpressung ging. Aber wen konnte man hier erpressen? Nur jemand, der über sehr viel Geld verfügte. Da rückte Herr von Breidenfall in den Mittelpunkt meiner Überlegungen. Jedoch meldete sich der Anrufer nicht zurück, als Herr von Breidefall den Hörer abnahm. Normalerweise hätte er mit ihm reden müssen, wenn er der gewünschte Adressat war. Aber das tat er nicht, sondern legte auf. Warum? Weil der Anrufer jemand anderes sprechen wollte." Martin blickte in die Runde. „Mit wem wollte nun der Erpresser sprechen?" Er sagte langsam und deutlich: „Der Erpresser wollte mit einer bestimmten `Harata Karahina´ sprechen."

Die Gruppe sah sich ungläubig an. Niemand wusste etwas mit dem Namen anzufangen.

„Harata Karahina ist ein Maorischer Name", erklärte Martin. „Als mir nun bewusst war, dass der Name eine zentrale Rolle spielte, forschte ich im Internet nach und fand Erstaunliches heraus." Jetzt blickte er aufmerksam in die Runde. „Der Vorname Harata heißt ins Deutsche übersetzt: Charlotte."

Frank stand unweigerlich auf. Es konnte nicht wahr sein. Unmöglich konnte Charlotte die Täterin sein. Er musste sich irren. Charlotte schloss ihre Augen. Sie war müde und abgespannt.

Martin fuhr fort: „Es musste also Charlotte sein. Charlotte. Ich fing anders an über den Fall nachzudenken. Und dann fiel es mir wie Schuppen von den Augen. Veronika erzählte mir, dass Charlotte nach ihrer Schule einige Zeit im englischsprachigen Ausland war. Ich wusste nicht, dass es sich um Neuseeland handelte, aber es musste so sein. Denn Daniel Hellter war ebenfalls eine Zeit lang in Neuseeland und machte `Work and Travel´. Dies war die Verbindung, nach der ich bei den anderen vergebens suchte. Nehmen wir also an, Daniel Hellter und Charlotte kannten sich aus ihrer Zeit in Neuseeland. Was konnte Charlotte verbergen, dass es für Daniel möglich war, sie zu erpressen? Wieder dachte ich über den Namen nach." Er fragte Frank: „Welche Gründe gibt es für eine Namensänderung?"

Frank überlegte und sagte spontan: „Der einfachste Weg den Namen zu ändern ist, sich zu verheiraten."

„Genau, das dachte ich auch. Angenommen, die junge Charlotte verliebte sich in einen Maori und heiratete ihn. Hals über Kopf, eine Jugendsünde, nicht genau bedacht. Sie nahm seinen Namen an und lebte dort unter dem Namen Harata Karahina. In dieser Zeit lernte sie den jungen Daniel Hellter kennen, der dort arbeitete. Dann, vielleicht später, nach einiger Zeit, als Daniel schon längst wieder in Deutschland war, war Charlotte unglücklich und bereute die Heirat. Sie wollte sich von ihrem Mann trennen, doch er war nicht bereit dazu. Schließlich entschloss sie sich, dieser Zeit den Rücken zuzuwenden und verließ Neuseeland und ihren Mann. War es so, Frau Driesig?"

Alle schauten Charlotte an. Rolf ließ ihre Hand los und distanzierte sich von ihr. Sie blickte Rolf in die Augen und sah darin blankes Entsetzen. Da verstand sie, dass es jetzt keinen Ausweg mehr gab. Sie war unglaublich müde. Schließlich begann sie langsam: „Nicht ganz, Herr Fennberg. Es ist wahr. Ich lebte in Neuseeland und ich heiratete einen Maori. Aber nicht ich wollte mich trennen, sondern er hat mich verlassen. Eines Tages war er auf und davon. Ich versuchte ihn ausfindig zu machen, immer wieder, doch ich habe ihn nicht gefunden. Bis heute nicht."

„Und dann kehrten sie wieder nach Deutschland zurück. Sie wollten Ihre Vergangenheit abschütteln. Wie gelang es Ihnen, die in Neuseeland geschlossene Heirat vor den Deutschen Ämtern zu verheimlichen?"

Charlotte holte tief Luft. „Ich flog in die Türkei. Auf dem Rückweg wurde mir meine Handtasche mit allen Ausweisen gestohlen. Ich musste meine Pässe neu beantragen und ging mit meiner Geburtsurkunde zum Einwohnermeldeamt. Nachdem alles genau überprüft und die dort hinterlegten Daten abgeglichen wurden, bekam ich meine ursprüngliche Identität zurück."

„Und dann, viele Jahre später, lernten Sie Herr von Breidenfall kennen. Sie verliebten sich in ihn und wie im Märchen hielt er um Ihre Hand an. Und nun bot sich Ihnen die Gelegenheit, aus Ihrem einfachen Leben als Altenpflegerin in ein mondänes Leben, ohne finanzielle Nöte einzuheiraten. Alles schien perfekt. Es durfte nichts mehr dazwischenkommen. Doch dann trafen Sie per Zufall Daniel Hellter hier in Karlsruhe. Ein Zeuge Ihrer Vergangenheit."

Charlotte strich sich mit der Hand übers Gesicht.

„Ja, er traf mich. Aber nicht per Zufall. Er las meine Verlobungsannonce in den Badischen Neuen Nachrichten. Aus Neugier überraschte er mich. Als wir über die Vergangenheit redeten, stellte ich mich ungeschickt an. Er bekam sofort heraus, dass ich noch verheiratet war."

„Ich verstehe."

Charlotte seufzte und schloss wieder betrübt die Augen. „Er erpresste mich. Entweder ich würde ihm nach der Heirat 200 000 Euro geben oder er würde mich verraten."

„Bigamie ist in Deutschland verboten."

„Ja."

„Würde es herauskommen, dass Sie bereits verheiratet sind, würde die Heirat mit Rolf nicht rechtsgültig sein. Ihre Zukunft war Ihnen aber viel zu wichtig. Sie wollten auf keinen Fall auf Herrn von Breidenfall und sein Geld verzichten. Nicht, nachdem Sie schon so weit gekommen waren. Daniel Hellter musste also zum Schweigen gebracht werden. Sie wussten ja nicht, auf welche Ideen er noch kommen würde. Und ein Leben lang zahlen, wollten Sie auf keinen Fall. Ich vermute, Sie haben ihn in der Fußgängerzone getroffen. Sie brachten Kuchen mit. Vielleicht holten sie sich noch einen Kaffee to go. Sie versuchten ihn zu überreden, jedoch er blieb hart und verlangte das Geld. Was dann geschah, das wissen wir. Er kam in mein Studio, um dort zu sterben. Ich habe Sie an diesem Tag von dem Fotostudio davon laufen sehen. In ihrer schwarzen Jacke."

„Wie kam Frau Driesig an das Gift?", wollte Frank wissen.

„Ganz einfach", antwortete Martin. „In der Nachbarschaft stehen mehrere Buchsbäume und auch eine Eibe. Sie schlich sich heraus, schnitt einen Zweig ab und zerkleinerte die Rinde mit einer Küchenraspel."

Frank nickte befriedigend.

„Alles lief wie gewünscht. Daniel Hellter war also von der Bildfläche verschwunden. Aber, und damit hatten Sie nicht gerechnet, Daniel Hellter hatte einen Freund, mit dem er seinen Plan teilte. Nach dem Tod des Freundes kam André Sterter und verlangte das Gleiche."

Charlotte stand auf und taumelte leicht. „Bitte, Herr Fennberg, lassen Sic cs gut sein. Ich fühle mich nicht mehr in der Lage, Ihnen weiter zuhören zu können."

„Noch einen Moment, meine Liebe. Gedulden Sie sich, es dauert nicht mehr lange", sagte Martin charmant.

Charlotte ließ sich erschöpft auf einen Sessel nieder.

„Er tauchte bei der Verlobungsfeier auf. Das war Ihnen sehr unangenehm und Sie mussten spontan reagieren. Sie nahmen sich ihn ungesehen bei Seite und sagten, er solle im zweiten Obergeschoss in dem Stirnzimmer auf Sie warten. Fieberhaft versuchten Sie einen geeigneten Moment abzupassen, an dem Sie ungesehen hinaufschleichen konnten. Ich nehme an, es war der Moment, nachdem Sie das Nachtischbuffet eröffnet hatten? Alles konzentrierte sich auf das Buffet und den Kaffee. Sie hatten vielleicht zehn Minuten Zeit, bis der erste Ansturm vorüber war und wieder Ruhe einkehrte."

Charlotte sah ihn ruhig an. „Er wartete in Maries Zimmer. Ich sagte, wir müssen auf den Balkon gehen, da man uns sonst eventuell belauschen könnte. Er ging voraus."

„Und dann nahmen sie einen Besen, den sie aus der Küche mitgenommen hatten und stießen ihn mit Wucht durch die Brüstung."

Charlotte blickte ihn listig an. „Ich konnte es nicht riskieren, dass er mich mit hinunterzog. Also nahm ich den Besen. Er klammerte sich daran fest und ich ließ ihn einfach los."

„Draußen war es bereits dunkel und die Leiche wurde, wie gewollt, erst spät am Abend gefunden."

Charlotte räusperte sich.

„Und dann kam ein Geniestreich von Ihnen. Sie wussten, dass man die Familienmitglieder verdächtigte. Also mussten Sie den Verdacht von Ihnen ablenken. Sie vergifteten sich selbst mit einer nicht tödlichen Dosis und kamen ins Krankenhaus. Somit waren Sie Opfer und nicht mehr Täter."

„Das war sehr klug von mir."

„Und sehr hinterlistig. Denn Sie nahmen in Kauf, dass man einen andern für die Morde verantwortlich machte. Sie opferten seine Kinder für Ihr Wohl."

Rolf stand auf. Er konnte nicht fassen, was Martin alles herausgefunden hatte. Mit gebrochener Stimme fragte er Martin: „Sagen Sie, Herr Fennberg, gibt es denn auch den geringsten Beweis, dass es wirklich so war, wie sie herausgefunden haben?"

„Ich habe eine kleine List arrangiert. Veronika sollte gestern hierher kommen und den Namen Harata Karahina fallen lassen. Somit war Charlotte gefordert und musste reagieren. Prompt besuchte sie Veronika am Abend und brachte ein Stück Kuchen mit. Sie wollte Veronika ebenso töten."

Rolf ließ sich auf dem Sessel nahe der Bibliothek nieder. Er legte sein Gesicht in seine Hände. Wie unfassbar war Charlottes Verhalten.

„Und das alles nur wegen dem Familienvermögen", schloss Martin.

Eine düstere Ruhe lag über dem Raum. Niemand sagte etwas. Alle schauten betreten und verdauten das eben Gesagte. Schließlich stand Charlotte auf. „Bitte, darf ich auf die Toilette gehen?"

Frank blickte auf.

„Bitte. Nur für einen Augenblick. Ich werde nicht fliehen."

Martin nickte dem Kommissar zu. Charlotte lief langsam mit gesenktem Blick an ihnen vorbei und verschwand in der Halle. Rolf sah ihr mit geröteten Augen nach. Nach einem Moment der Stille wandte er sich an Martin: „Aber ich verstehe nicht, Herr Fennberg, warum hat sie denn nicht offen mit mir über ihre Vergangenheit und die Erpressung gesprochen? Wir hätten doch bestimmt andere Auswege finden können?"

„Wenn sie mit Ihnen gesprochen hätte, dann wäre die Hochzeit abgesagt und auf unbestimmte Zeit verschoben worden. Das wollte sie auf keinen Fall. Denn wer weiß, ob sie den maorischen Ehemann jemals hätten finden und ob sie sich jemals regulär hätte scheiden lassen können?"

Rolf legte seinen Kopf in den Nacken und schloss die Augen. Er atmete schwer. „Aber es wäre eine Möglichkeit gewesen", flüsterte er.

„Das stimmt", bestätigte Martin leise. Aber sie war geblendet durch das Geld Ihrer Familie. Sie wollte nicht länger Ihre Freundin, sondern Ihre vermögende Ehefrau sein."

Rolf öffnete seine Augen und blickte in die von Martin. Mit nüchterner Stimme sagte er: „Ich danke Ihnen, Herr Fennberg. Ich danke Ihnen vielmals."

Plötzlich hörte man in der Halle einen dumpfen Schlag.

Veronika schnellte hoch und riss die Türe zur Halle auf. Sie stieß einen schmerzhaften Schrei aus. Frank und Martin kamen herbei gelaufen. In der Mitte der Halle lag Charlotte auf dem Boden. Sie war aus dem zweiten Obergeschoss nach unten gesprungen und auf den harten Steinfliesen aufgekommen. Frank beugte sich zu ihr hinunter und fühlte ihren Puls.

„Sie ist tot", sagte er erschüttert.

Rolf, der Charlotte erblickte, fing an zu weinen und kniete sich neben ihr hin. Er liebte sie, auch nach allem, was sie getan hatte. Veronika beugte sich zu ihm hinunter und tröstete ihn. Lena blieb auf der Türschwelle stehen. Sie konnte nicht weinen, sie hatte wenig Mitgefühl für Charlotte. Frank rief sogleich den Krankenwagen und seine Kollegen. Er veranlasste auch, dass Marcus umgehend aus der Untersuchungshaft entlassen wurde.

„Sie hat sich selbst gerichtet", flüsterte Martin. „Sie konnte mit der Schuld und mit dem Gedanken daran, was sie jetzt erwartete, nicht weiterleben."

21

Vor der Tür standen Kommissar Frank, Kommissarin Schubert und Martin zusammen. Frank klopfte Martin anerkennend auf die Schulter „Alle Achtung, Herr Fennberg. Sie haben die richtigen Hinweise miteinander kombiniert. Es gebührt Ihnen ein großes Lob. Ich werde veranlassen, dass Sie im Polizeibericht maßgeblich als Aufklärer erwähnt werden."

„Ich danke Ihnen herzlich", sagte Martin, der jetzt wieder einen kleinen Hopser machte. „Es muss eben alles zusammen passen, dann ergibt sich ein großes Ganzes."

Sie lachten. Dann fuhren ein Krankenwagen und zwei Streifenwagen vor. Marcus stieg aus. Ungläubig ging er an den dreien vorbei ins Haus. Dort sah er Charlotte am Boden liegen und Lena die ernst daneben stand. Er lief zu ihr hin und nahm sie in den Arm. „Es ist vorbei."

Lena hielt ihn fest und vergrub ihr Gesicht in seiner Brust.

Die Polizei und der Arzt taten ihre Arbeit. Veronika trat zu Martin heraus. Betroffen blieb sie neben ihm stehen. Sie nahm seine Hand und legte ihren Kopf auf seine Schulter. „Es ist furchtbar", flüsterte sie.

Martin küsste ihre Stirn und umarmte sie tröstend.

Sie blickte ihm in die Augen: „Was wird nun geschehen?"

„Die Polizei wird ihren Bericht schreiben und der Fall wird zu den Akten gelegt werden. Charlottes Selbstmord und der vergiftete Kuchen sind Beweis genug, dass sie die Täterin war."

Nachdenklich sagte Veronika: „Sie war immer so herzlich zu uns allen. So liebevoll."

„Man weiß nie, zu was Menschen im Stande sind."

Nach einer Pause pflichtete sie ihm bei: „Ja, du hast Recht."

„Sie war geblendet von all dem Reichtum, den sie zu erwarten erhoffte."

Veronika blickte ihn an und fragte: „Komm, lass uns ein Stückchen gehen, ja? Fort von hier." Martin lächelte sie an und bejahte. Sie gingen die Schubertstraße entlang. „Es wird lange dauern, bis alle den Schicksalsschlag verdaut haben. Armer Rolf. Ihn trifft es am meisten."

„Er wird darüber hinwegkommen. Seine Kinder und du werden ihm dabei helfen. Und vielleicht wird er eines Tages die richtige Frau treffen?"

„Vielleicht."

Sie schwiegen eine Weile. Dann blieb sie stehen und meinte: „Ich habe dich beobachtet, während dem gesamten Vortrag vorhin."

„Ja?"

„Und da hast du kein einziges Mal gezuckt. Wie kommt das?"

„Ich war hochkonzentriert. Ich habe die ganze Energie, die normalerweise für das Tourette aufgewendet wird, gebündelt und für meine Rede verbraucht. Ich war ganz ruhig und beherrscht."

„Das ist bewundernswert, wie ich finde." Dabei lächelte sie ihn an und blieb stehen. Nach einer Pause sagte sie leise: „Trotz dieser Tragödie ist doch auch etwas sehr Schönes geschehen."

„Ja?"

„Wir beide haben uns getroffen. Und darüber bin ich sehr glücklich."

Martin strahlte sie an. Sie schmiegte sich an ihn. Er flüsterte: „Darüber bin ich auch sehr glücklich. Und ich möchte dich nie wieder loslassen."

Beide hielten sich gegenseitig und fühlten sich in diesem Moment sicher und geborgen.

Ave Maria für eine Leiche

Der Fotograf Martin Fennberg möchte nach einer anstrengenden Hochzeit-Saison eine Woche Ruhe und Entspannung genießen und mietet sich in einem Retreat-Center in Dobel ein. Dort lernt er eine Gruppe interessanter Menschen kennen, die auf den ersten Blick gut zusammenpassen könnten. Doch dann, am zweiten Tag, geschieht ein Mord. Plötzlich werden alle der vermeintlich friedlichen Gruppe zu Verdächtigen. Niemand weiß nun mehr, wem er Glauben schenken und wem er vertrauen kann

Doppelte Fährte

Martin wollte in Heidelberg eigentlich nur seine Weihnachtseinkäufe tätigen, als er von einem jungen Paar angesprochen wird, das ihn zu einem Preisausschreiben überredet. Überrumpelt nimmt er teil und hat Glück: 350 Euro würde er ausgezahlt bekommen! Voraussetzung wäre allerdings, ein nahegelegenes Hotel zu besichtigen. Dort würde er den Preis erhalten. Ehe er es sich versieht, sitzt er in dem Taxi. Ihm wird angst und bange. Sein ungutes Gefühl trügt ihn nicht. Es geschieht dort ein mysteriöser Unfall.

Dramatischer Tod

Martin und Veronika genießen einen anspruchsvollen und unterhaltsamen Premierenabend im Bruchsaler Amateurtheater *Die Muschel*. Anschließend werden beide von einem befreundeten Schauspieler zur Premierenfeier eingeladen. Ausgelassen wird die erfolgreiche Aufführung gefeiert. Doch dann, spät am Abend, wird der Hauptdarsteller erstochen aufgefunden.

Faules Ei

Martin und Veronika sitzen bei Pfarrer Rebler, um die letzten Einzelheiten ihrer Hochzeit zu besprechen, als sie vom Tod eines Mannes erfahren, der unter mysteriösen Umständen aus dem Fenster seiner Wohnung gefallen ist. Bei dessen Beerdigung am Morgen ist laut Pfarrer Reblers Schilderung nur eine Person anwesend gewesen, die um ihn trauerte, was Martin sehr ungewöhnlich und erschreckend findet. Seine Neugier ist geweckt. Er möchte mehr über diesen Menschen und dessen einsames Schicksal erfahren. Nachdem Martin eine rätselhafte Entdeckung macht, ist er sich sicher: Es muss Mord gewesen sein!